LA TRESSE
DE MA GRAND-MÈRE

DU MÊME AUTEUR

CUISINE TATARE ET DESCENDANCE, Actes Sud, 2012 ; Babel n° 1610.
MA VIE N'EST PAS UN ROMAN !, Actes Sud Junior, 2019.
LE DERNIER AMOUR DE BABA DOUNIA, Actes Sud, 2019.

"Lettres allemandes"

Titre original :
Der Zopf meiner Großmutter
Éditeur original :

ISBN 978-2-330-15888-0

ALINA BRONSKY

La tresse de ma grand-mère

roman traduit de l'allemand
par Isabelle Liber

ACTES SUD

BEAU SOLEIL

Je me souviens avec précision du moment où mon grand-père est tombé amoureux. À mes yeux, c'était déjà un vieillard – il avait dépassé les cinquante ans –, et ce fragile secret qui était désormais le sien m'avait alors submergé, soulevant une vague d'admiration mêlée de joie mauvaise. Jusqu'alors, je m'étais considéré comme l'unique problème de mes grands-parents.

Je devinais que Grand-Mère ne devait rien en savoir. Elle avait déjà menacé de tuer Grand-Père pour moins, par exemple quand il émiettait son pain pendant le dîner.

J'avais presque six ans et je m'y connaissais en amour. Dans la barre d'immeuble de neuf étages où nous avions vécu avant l'émigration, il n'y avait pas eu une seule fille de moins de dix-huit ans pour qui je n'aie pas eu un coup de cœur, au moins temporaire. Remarquant les regards appuyés avec lesquels je suivais dans la rue l'ondulation des jupes et des queues de cheval, Grand-Mère avait mis sa main en écran devant mes yeux : “Pas la peine de t'user les lotos. Il n'y en aura jamais aucune pour toi.”

Ensuite, en guide de protestation muette contre cette prophétie, j'étais tombé amoureux d'une femme que je n'avais jamais vue. Son simple nom apposé sur une affiche m'avait plu : Rosa Silberstein. À la maison, je fredonnais sans cesse ces cinq syllabes jusqu'à ce que Grand-Mère, tendant l'oreille, m'ordonne d'arrêter tout de suite ces imbécillités, comme si les temps n'étaient pas déjà assez durs comme ça.

Peu de temps après, nous sommes arrivés en Allemagne dans le cadre de la loi sur l'accueil des Juifs d'Union soviétique, et Grand-Père a rencontré l'amour.

Au foyer de réfugiés, nous étions entourés de Juifs, ainsi que Grand-Mère le soulignait avec mauvaise humeur. Son antisémitisme n'était un secret pour personne : "Pas à cause du Christ ou quelque chose comme ça. Non, j'ai de vraies raisons personnelles." Pour elle, c'était une véritable torture que de devoir faire l'économie de certaines insultes dans ses altercations avec les voisins. À d'autres moments, elle exultait de nous avoir donné accès aux privilèges de l'Occident sous couvert de fausses informations. "Ne va pas croire que nous sommes vraiment juifs, m'inculquait-elle en me tâtant le front pour déceler une éventuelle fièvre. Grand-Père a un oncle qui a un beau-frère. Et ce beau-frère a une femme juive. Voilà pourquoi nous sommes ici. C'est comme ça. Et pas de questions !"

Je hochais la tête avec dévouement, comme si je croyais ou du moins comprenais ce qu'elle disait. Jamais je n'avais rencontré d'oncle de mon grand-père, et encore moins la femme de son beau-frère. De toute façon, j'évitais autant que possible de poser des questions à Grand-Mère, car je ne savais jamais à l'avance quel point sensible je pouvais toucher. Je n'avais pas de souvenir précis du moment où nous avions passé la frontière, mais je me rappelais très bien l'humeur de Grand-Mère, qui avait aussitôt viré à la déception.

Notre foyer était un ancien hôtel décrépit, dont la porte d'entrée était encore surmontée de la glorieuse enseigne "Beau Soleil". Le vendredi soir, la plupart des habitants du foyer se rendaient à la synagogue où l'on servait après l'office un buffet aussi copieux que gratuit. Chaque vendredi, Grand-Mère repassait mon pantalon bleu et me coupait les ongles pour ne pas avoir à mourir de honte par ma faute. Les vrais enfants juifs l'intimidaient.

En dépit de son aversion, Grand-Mère n'aurait jamais songé à sécher le shabbat. Elle l'honorait à contrecœur en se faisant belle : sa tresse teinte en roux s'enroulait comme un serpent autour de son crâne et, avec une fleur en tissu piquée dans le décolleté, la robe à pois se faisait robe de fête. Derrière cette assurance portée en étendard, je sentais son angoisse profonde qu'on découvre l'imposture et qu'on la renvoie au fin fond d'une Union soviétique en ruine.

Si le foyer avait déçu Grand-Mère par sa vétusté, la synagogue, récente et lumineuse, lui avait arraché quelques mots complaisants. Elle saluait sans réserve le fait que les femmes y soient séparées des hommes pendant l'office : "Pour une fois que je ne vois pas sa trogne renfrognée." Elle cherchait le contact avec les voisines du foyer et, devant le buffet froid, elle les embarquait dans des discussions interminables avant de subtiliser discrètement – à ce qu'elle croyait – l'un ou l'autre des mets proposés.

Le lendemain matin, elle déballait les crêpes roulées ou les chaussons en pâte feuilletée qu'elle avait transportés dans des serviettes en papier et les servait à Grand-Père. J'avais seulement le droit de regarder : des étrangers avaient mis leurs sales pattes sur cette nourriture, ce qui la rendait indigeste pour moi. En même temps, elle faisait le compte rendu des conversations de la veille. Grand-Mère voyait la plupart de ces nouvelles connaissances d'un œil critique : les gens qui quittaient leur pays avaient quelque chose de suspect, sauf quand il s'agissait d'elle.

"Il y a quand même des gens convenables, a-t-elle déclaré une seule fois, et Grand-Père et moi avons dressé l'oreille. J'ai fait la connaissance d'une jeune femme délicieuse. Elle s'appelle Nina et elle enseigne le pianoforte. Elle habite ici avec sa fille. Une petite du même âge que Max, mais normale. Elle n'a pas de mari, la bienheureuse, elle se débrouille toute seule avec sa bâtarde. Tu la connais, Gengis, tu lui as déjà monté un sac de pommes de terre. On se demande bien pourquoi il lui faut tant de pommes de terre, d'ailleurs, si elles ne sont que deux ? Moi, je peux bien me casser le dos, mais pour les autres, tu joues les gentlemen."

La main de mon grand-père a été agitée d'un soubresaut et la farce de viande hachée à la ciboulette s'est éparpillée dans l'assiette.

CHARLATAN

La première initiative de Grand-Mère à notre arrivée en Allemagne a été de m'emmener chez le médecin. Car c'était là la véritable raison de notre exil, ainsi qu'elle me l'a expliqué en chemin : me permettre d'être enfin traité par un médecin digne de ce nom qui, contre toute attente, pourrait me donner – et surtout lui donner – l'espoir que j'atteindrais l'âge adulte, même si cela impliquait pour elle de traîner un boulet pendant des années encore.

Grand-Mère avait sur elle, glissé dans une housse en cuir, mon carnet de santé qu'on aurait pu prendre pour le manuscrit retrouvé d'un grand classique disparu. Il débordait de diagnostics en vrac, d'analyses de sang ou d'urine collées sur les pages, de comptes rendus illisibles, cacophonie d'évaluations contradictoires rédigées par divers spécialistes que Grand-Mère avait consultés. Du carnet s'échappaient parfois des feuillets et des ordonnances que ma grand-mère s'empressait alors de ramasser pour les coincer à nouveau entre deux pages.

Le cabinet du médecin allemand était coloré, lumineux, et le souvenir de la polyclinique soviétique, avec ses fenêtres aux vitres peintes et ses appels à l'hygiène pendus aux murs, me paraissait être le fruit d'un rêve fiévreux. Des montagnes de jouets s'entassaient sur un tapis crasseux. Je savais qu'il m'était défendu de toucher à quoi que ce soit. Tout ce que Grand-Mère n'avait pas désinfecté personnellement était par principe infesté de germes. Il n'empêche : cette seule vue me mettait déjà en joie. L'infirmière m'a pesé et mesuré, en m'adressant un sourire qui m'a fait comme une vague de chaleur quelque part sur la nuque.

Au grand dam de Grand-Mère, nous avons ensuite dû retourner dans la salle d'attente. Elle était pleine d'enfants d'âges divers, tous porteurs de miasmes. Quelques-uns toussaient, d'autres éternuaient, et pour ceux qui ne faisaient rien, Grand-Mère présumait qu'ils souffraient de maladies de peau contagieuses sournoisement dissimulées sous leurs vêtements. Prise d'affolement, elle m'a attiré sur ses genoux, ce pour quoi j'avais sans conteste passé l'âge. Mais elle m'avait déjà si souvent humilié en public que je me sentais armé contre presque tous les affronts.

“Si j'avais eu idée de cette situation incontrôlée, j'aurais emporté le masque de protection, a dit Grand-Mère en m'enroulant tant bien que mal autour de la bouche et du nez son écharpe qui m'empêchait de respirer et me démangeait terriblement. Et arrête de gigoter comme ça, Grand-Mère n'est pas un trampoline !

— J'étouffe, ai-je croassé.

— Une crise d'asthme ?!”

Sans songer un seul instant à me libérer de l'emprise de son écharpe, elle a fouillé dans son sac à la recherche du spray dont elle avait par précaution emporté de grandes quantités en passant la frontière.

Par bonheur, c'est à ce moment qu'on nous a invités à entrer dans la salle de consultation. Le fait que le médecin soit un homme a ravivé l'espoir de ma grand-mère, qui faisait davantage confiance à la gent masculine, en tout cas en matière de santé. D'un geste vif, elle a abattu mon carnet de santé sur la table. "Bronchite chronique, sinusite chronique, gastrite chronique, myopie intermédiaire, dystonie neurovégétative, allergie, retard de croissance, défaut de prononciation, hyporéflexie, retard du développement cognitif, traumatisme de la petite enfance. Mais voyez vous-même", a-t-elle dit. Elle n'avait parlé qu'en russe.

Le médecin s'est penché en avant, le sourcil froncé. D'une main, il s'est protégé du flot de paroles de ma grand-mère, et m'a tendu l'autre. Après un bref instant de réflexion, je l'ai saisie. Dans la série de mots allemands qu'il m'adressait, j'en ai identifié quelques-uns que je connaissais déjà, et je me suis allongé sur la table d'examen, le tee-shirt relevé.

Le médecin est venu s'asseoir près de moi et m'a ausculté avec son stéthoscope, levant la main chaque fois que Grand-Mère ouvrait la bouche. Il a regardé mes oreilles avec sa lampe, m'a palpé le cou et tapoté le dos – ce que j'ai pris pour un signe d'encouragement.

"Quoi ? a demandé ma grand-mère quand il nous a fait signe de la main. Qu'est-ce que ça veut dire – *au revoir* ? Et *en bonne santé* ?"

Je lui ai donné les explications plus tard, dans la rue, tandis qu'elle rangeait le carnet de santé dans son sac.

“Comment est-ce que tu peux savoir ça ? a-t-elle demandé. Qui te l’a appris ? D’abord, nous venons à peine d’arriver et, en plus, tu es un idiot.”

J’ai haussé les épaules. Au creux de ma paume, le petit ourson gélifié que j’avais eu le droit de prendre en quittant le cabinet médical commençait à coller.

“Charlatan, a déclaré ma grand-mère. Même pas une radio. Si c’est comme ça, je préfère encore nos bonnes femmes alcooliques. Qu’est-ce que tu as dans la main ? Tu ne vois donc pas les bacilles qui sont collés dessus ? Tu veux tomber malade ? Donne-moi ça.”

Je lui ai donné le bonbon, et Grand-Mère se l’est fourré dans la bouche.

MON ANNIVERSAIRE

Le sourire de l'infirmière m'avait rappelé pourquoi la vie était belle malgré tout : il y avait les femmes. Pendant nos premières semaines en Allemagne, j'avais vécu comme dans une sorte de brouillard et, maintenant, j'avais l'impression de me réveiller.

Depuis toujours, je pensais aux femmes quand je sentais mon cœur se serrer sous l'emprise d'une main glaciale. Grand-Mère avait commencé à me préparer à ma mort très tôt. Je sentais le temps s'écouler comme un frisson sur ma peau, et je voulais absorber le plus de beauté possible. Chez les femmes, tout me semblait magnifique. Les minces étaient des arachnides agiles et délicates. Les plus enrobées rayonnaient de chaleur et de douceur. J'admirais la force des femmes de grande taille et je regrettais de ne pas pouvoir protéger les petites. Il ne m'avait en revanche jamais effleuré l'esprit que ma grand-mère soit elle aussi une femme.

À chacun de mes anniversaires, Grand-Mère m'accueillait par ces mots : “Miracle ! Rendons grâce au Ciel et à mon humble personne, il a passé un nouveau cap.” Elle m'offrait des collants et des moufles tricotées par ses soins, pour me présenter ensuite un énorme gâteau dont la vue me plongeait chaque fois dans le plus grand désarroi. Je devinais l'issue de la scène avant même que Grand-Mère n'annonce : "Regarde comme Grand-Mère s'est démenée, elle a trimé toute la nuit. Avec de la crème au chocolat, trois étages. Et les œufs les plus frais qu'on puisse trouver ici. Regarde, regarde bien de tous les côtés. Qu'est-ce que tu en dis ? C'est un délice, tu peux me croire !"

Je la croyais sur parole et je ne prenais même pas la peine de demander si je pouvais en goûter un morceau. Je connaissais si bien la réponse que j'aurais pu me la donner moi-même : "Tu n'as plus besoin de ta thyroïde ou quoi ? Une nourriture pareille, ce n'est que pour les gens normaux. Toi, tu manges gentiment avec les yeux, de toute façon c'est meilleur pour la santé. Et tu peux aussi sentir." Elle passait le doigt sur le plat à gâteau et me mettait une gouttelette de crème sous le nez.

Je n'avais jamais eu d'amis, ce que je trouvais normal puisque mes grands-parents n'en avaient pas non plus. En Russie, pour mon anniversaire, Grand-Mère invitait généralement au hasard une ou deux voisines qu'on ne revoyait jamais par la suite. À mon septième anniversaire, nous ne vivions au foyer que depuis quelques mois. Je me demandais qui elle allait cette fois inviter pour ne pas avoir à manger le gâteau d'anniversaire seule avec Grand-Père.

Dès le début, les Allemands avaient éveillé la méfiance de Grand-Mère, et d'ailleurs, si l'on ne tenait pas compte de ses échanges décevants avec le pédiatre et le concierge, elle n'en connaissait aucun. "Nous voilà forcés de nous cantonner aux Juifs", avait-elle conclu, résignée, et elle avait invité la délicieuse voisine avec laquelle elle avait discuté de mes streptocoques à la synagogue. "Nina. Vous

vous souvenez ? N-I-N-A. Très courtoise, des mains fines, pas étonnant vu son métier. Et vous, espèces d'ânes bâtés, ne la faites pas fuir."

C'est Grand-Père, ce jour-là, qui a ouvert la porte à Nina et, sans un mot, s'est effacé pour la laisser entrer dans notre petit appartement, composé de deux chambres d'hôtel auxquelles nous pouvions prétendre en tant que "couple marié avec enfant de sexe masculin". L'espace d'un instant, il a été comme électrisé, comme si, au dernier moment, il voulait encore faire en sorte qu'elle ne pénètre ni dans ce couloir qui n'en était pas vraiment un, ni dans sa vie. Mais ensuite, il a fait le pas décisif de côté. Elle est entrée et leurs épaules se sont touchées à son passage.

Quand on regardait Nina, on avait l'impression que quelqu'un l'avait dessinée à la pointe tendre. Elle avait apporté un paquet joliment emballé que Grand-Mère lui a pris des mains et s'est empressée de faire disparaître dans l'une des armoires. Derrière Nina, une fillette est apparue sur le pas de la porte. C'était la copie conforme de sa mère.

"Quelle délicieuse enfant, a dit Grand-Mère sans laisser aux invitées le temps d'ouvrir la bouche pour me souhaiter mon anniversaire, et en me poussant pour que je laisse le passage, elle a ordonné : Asseyez-vous vite ! Le thé refroidit. Gengis ! (Elle a donné une bourrade à mon grand-père immobile.) Qu'est-ce que tu fabriques, planté comme ça ! Va chercher une chaise de plus. Toi, la fille de Nina, assieds-toi là sur le canapé. Attention avec le thé. Une brûlure, il n'y a pas pire blessure. Mon pauvre idiot, là, je ne lui donne que du froid." Et elle a posé pour moi sur le rebord de la fenêtre une tasse de thé à moitié pleine.

C'étaient nos premiers invités depuis notre arrivée en Allemagne. Comme la cuisine était trop petite, Grand-Mère avait dressé la table dans la plus grande des deux chambres. On avait rapproché la table du canapé où nous dormions elle et moi. “Mais asseyez-vous donc enfin, ma chère Nina. Gengis, tu es sourd ? Ta place est ici.”

Nous étions assis à table, et Grand-Mère parlait. Quand je faisais office de sujet de conversation, ce qui était souvent le cas, je sentais sur moi le regard compatissant de Nina et celui, malicieux, de sa fille.

“Je ne sais pas comment je pourrais l'envoyer à l'école, ma chère Nina. Quand je pense qu'ici, ils font entrer les enfants à l'école dès l'âge de six ans, ces bouchers ! Comment pourrait-on laisser cette créature sortir de la maison ? Je ne peux pas endosser une telle responsabilité. Son système digestif est à peine fonctionnel, et ses camarades de classe vont le hacher menu, vous ne croyez pas ?

— Espérons que non”, a dit Nina avec douceur.

Je n'osais pas regarder du côté de mon grand-père.

“Vous qui êtes pédagogue, vous avez certainement de l'expérience avec les enfants désavantagés mentalement et physiquement ?”

Grand-Mère ne quittait pas notre invitée des yeux.

“Malheureusement, non”, a dit Nina.

Ça m'a fait un coup au cœur : j'aurais aimé qu'elle contredise Grand-Mère, ce que certains osaient même faire lors du premier contact avec notre famille en manifestant leur étonnement sur l'évaluation qu'elle donnait de mon état mental et physique. Les plus courageux affirmaient ne rien remarquer d'anormal, ce que Grand-Mère balayait d'un “Vous n'y connaissez rien !”

“Remue-toi un peu, Gengis ! J’ai fait un gâteau, et de mes propres mains. Rien que le meilleur. Pas une cochonnerie de la pâtisserie. Je ne veux empoisonner personne.”

L’œil languissant, j’ai regardé les grosses parts de gâteau rejoindre les assiettes, puis disparaître peu à peu. Une soucoupe dans laquelle brunissait lentement un petit tas verdâtre a atterri sous mon nez. Mon thé refroidissait toujours sur le rebord de la fenêtre.

“Ne faites pas attention à lui, chère Nina, et toi non plus, la fille de Nina. J’ai râpé une pomme à ce pauvre bougre, il ne digère malheureusement rien d’autre. Vraiment, j’aurai tout eu !”

Grand-Père était assis sans rien dire. Je me suis demandé si c’était la première fois que je le voyais regarder un être humain avec une telle intensité, ou si c’était simplement que je ne lui avais jamais prêté attention, la présence de Grand-Mère accaparant déjà tous mes sens. Comme il me semblait indiscret d’observer Grand-Père et ses sentiments, j’ai reporté mon intérêt sur la fillette qui avait un gentil visage rond, mais s’était mise à me donner des coups de pied sous la table.

“Vous êtes une femme heureuse, Nina, parce que vous êtes célibataire et qu’en plus, vous avez un enfant normal. Voyez comme elle est délicieuse. Si sage et si polie, a dit Grand-Mère tandis que je m’efforçais de mettre mes tibias en sécurité.

— Votre fils a l’air très sympathique aussi, a dit Nina.

— Mon fils ? Vous me flattez. Je n’ai pas de fils, je n’en ai jamais eu. Je suis une vieille femme ménopausée. Cet individu est mon petit-fils. Tout ce que j'ai dû endurer avec lui. Pour moi, chaque année en vaut deux."

Nina s'est tue, compatissante.

"Lui, par contre, a dit Grand-Mère en montrant Grand-Père du doigt, c'est un vieux croulant, mais il a toujours l'air d'un jeune homme. Ce sont les gènes asiatiques. Ils ne vieillissent pas, ces gens-là. Leur peau est beaucoup plus épaisse que notre peau de Blancs, vous comprenez ? À la fin, ils s'écroulent sans prévenir. Le cœur. Gengis, tu pourrais quand même participer à la conversation."

Grand-Père était assis tout droit sur sa chaise. Le flot de paroles de Grand-Mère ruisselait sur lui comme une fine pluie d'été.

"Et sinon, vous êtes juive à combien, Nina ? Un quart ? Un huitième ? Vous êtes bien trop délicieuse."

Nina a pris une gorgée de thé. Quelque chose dans son visage avait changé. J'ai été pris de panique, pensant d'abord qu'elle allait fondre en larmes. Pendant un long moment, elle a gardé sa tasse à hauteur des lèvres, et j'ai finalement compris qu'elle tentait de réprimer un fou rire.

"Cent pour cent", a-t-elle déclaré, et elle a reposé sa tasse sans un bruit. Elle a souri à mon grand-père dont les joues sombres, sous mon regard aussi fasciné qu'horrifié, ont alors peu à peu viré au rouge vif. Je ne l'avais encore jamais vu rougir, et sous la table, j'ai croisé les doigts dans l'espoir éperdu que ma grand-mère ne voie rien.

"Reste à voir si, l'année prochaine, tu passeras encore le cap", a dit Grand-Mère le soir, alors que nous étions allongés côte à côte sur le canapé. Elle était occupée à border la couverture tout autour de mon corps fragile pour ne laisser aucune chance aux courants d'air, même par trente degrés à l'ombre. Ma fête d'anniversaire l'avait rendue sentimentale, et je craignais qu'il ne lui prenne soudain l'envie de me serrer dans ses bras ou, pire encore, de m'embrasser. Pour faire oublier à Grand-Mère l'élan de tendresse qui risquait de s'abattre sur moi, j'ai eu recours à un jeu déjà éprouvé : "Et si ce n'est pas le cas ? J'aurais droit à un bel enterrement ?"

Ma stratégie a fonctionné : les yeux de Grand-Mère se sont mis à briller. "Le plus beau qui soit, a-t-elle affirmé avec ardeur.

— Comme pour l'adorable Maya ?

— Au moins, oui."

J'étais satisfait. Maya était l'enfant parfaite que Grand-Mère avait élevée avant moi. Dans le souvenir de Grand-Mère, Maya était une fillette éternelle, et si elle m'avait finalement dépassé en âge, elle n'était cependant jamais devenue adulte. Les histoires de Grand-Mère sur Maya étaient brèves et confuses. Parfois, j'en voulais à Maya d'être un ange, moi qui étais depuis le premier souffle la malédiction faite homme. La comparaison directe n'était pas marrante.

"Et quand on m'enterrera, tu viendras, toi, et Grand-Père viendra aussi ?

— Qui d'autre, imbécile.

— Peut-être aussi Nina et Vera ?

— Si elles ont souci des convenances.

— Qui encore ?

— Ne m'embête pas. Le Juif roux, peut-être."

Le Juif roux était un personnage effrayant des histoires que Grand-Mère me racontait pour m'endormir. Je trouvais injuste qu'elle y ait recours maintenant. C'en était fini de la bonne humeur. Je me suis tourné de l'autre côté.

“Tu sais quoi, a dit Grand-Mère. Il faut que tu apprennes à jouer du piano.

— Pourquoi ?”

Je me suis redressé, et la couverture laborieusement bordée a glissé.

Jusqu'à présent, Grand-Mère m'avait toujours déconseillé d'apprendre quoi que ce soit, car tout était trop éprouvant pour moi. Je lui avais donc caché que je savais plus ou moins lire et un peu compter grâce aux questions que je posais régulièrement à Grand-Père sur les lettres et les chiffres, l'air de rien. Depuis deux ans, quand Grand-Mère se faisait avoir au marché, je le remarquais. Et quand elle accusait des commerçants, c'était à coup sûr les mauvais.

Grand-Mère a bâillé bruyamment.

“Tu pourrais donner des concerts. Tu gagnes des sous, tu achètes une maison à Grand-Mère. Belle, blanche, avec un jardin devant, comme les Allemands. Mon frère a appris le piano à une époque. Son enseignante lui tapait sur les doigts avec une règle et elle pleurait beaucoup.

— Pourquoi ?

— Pourquoi quoi ?

— Pourquoi est-ce qu'elle pleurait, elle ?

— Quelle question. Parce qu'il ne savait pas jouer, imbécile. Elle disait à nos parents qu'ils feraient mieux de l'envoyer à la boxe.”

J'ai gardé le silence.

“Moi, ils ne m'ont même pas laissée m'approcher de l'instrument, a marmonné Grand-Mère dans un demi-sommeil. Soi-disant que je cassais tout. N'importe quoi. Comme j'écoutais toujours à la porte, j'en ai appris plus que mon frère, paix à son âme. Mais tu sais, au fond, tu n'as pas besoin de cours de piano. Pour quoi faire ? Devant qui est-ce que tu jouerais ? Et quand ? De toute façon il ne te reste plus beaucoup de temps.

— Mais le médecin allemand ne m'a rien trouvé de grave.

— Je vais te dire une chose, mon petit Max : c'est encore plus mauvais signe."

AVEC LES ALLEMANDS

Pour mon premier jour d'école, Grand-Mère s'est levée à six heures. Elle s'est lancée dans ce qu'elle appelait "se faire une beauté" et qu'elle n'entreprenait habituellement qu'avant la visite hebdomadaire à la synagogue : elle s'est épilé les sourcils et peint les paupières avec du fard bleu-vert. Ensuite, elle m'a réveillé et, d'une voix d'outre-tombe, elle m'a appelé pour le petit-déjeuner.

"Pourquoi si tôt ? ai-je gémi en m'enroulant dans la couverture.

— Pour que tu puisses digérer tranquillement, a-t-elle dit. Tu ne peux pas aller aux toilettes à l'école, c'est plein de microbes.

— Mais là, je n'ai pas envie d'aller aux toilettes.

— Bien sûr que si, tu as envie. C'est une question de discipline."

Ce matin-là, j'ai eu droit à un porridge à la consistance particulièrement épaisse. J'avais l'impression qu'il restait bloqué à mi-chemin dans l'œsophage. Quand Grand-Mère est sortie de la cuisine, j'en ai profité pour vider le reste du porridge dans l'évier et faire couler de l'eau.

J'ai juste eu le temps de me rasseoir que Grand-Mère revenait déjà et jetait un coup d'œil dans l'évier.

"Tu as vomi ?"

J'ai hoché la tête. Quelque part, j'espérais qu'ainsi, elle me laisserait rester à la maison, mais elle m'a simplement caressé la tête.

"C'est le stress. L'école, c'est l'enfer."

Grand-Mère a fourré quelques crayons et cahiers dans un grand sac en tissu, elle m'a coiffé avec la raie sur le côté, a vérifié que je portais bien sous mon pullover un tricot de corps à manches longues, et elle m'a pris par la main pour sortir. Nous avons traversé le couloir sous les gémissements compatissants des lames du parquet usé, couvertes d'un tapis défraîchi qui s'effilochait. Nous nous sommes arrêtés devant la porte de Nina. Bien que de dix mois plus jeune, Vera, la fille de Nina, était inscrite dans la même classe que moi. Quand Grand-Mère a frappé à la porte pour que nous fassions le chemin ensemble, je me suis vite ébouriffé les cheveux, prêt à mettre le désordre de ma coiffure sur le compte du courant d'air.

Nina a ouvert la porte en peignoir. Elle avait l'air affolée.

"Que se passe-t-il ? Il n'est que sept heures.

— Pour vous peut-être. Pour moi il est *déjà* sept heures et grand temps. Je dois encore parler aux enseignants."

Grand-Mère a levé les yeux au ciel d'un air entendu, elle m'a pris par la main, et c'est ainsi qu'a commencé ma scolarité.

"Vous ne pouvez pas rester ici toute la journée et assister aux cours."

La jeune institutrice était telle que j'imaginais parfois ma mère : les cheveux blonds légèrement bouclés, les yeux bleu-vert et quelques taches de rousseur sur le nez. Par principe, Grand-Mère ne parlait jamais de mes parents. "Quand on parle du loup", vociférait-elle s'il m'arrivait de poser des questions sur eux.

"Il ne sait pas se débrouiller seul", a répliqué ma grand-mère.

Elle m'a donné une bourrade dans le dos et j'ai failli entrer en collision avec l'institutrice.

"Traduis !"

J'ai restitué ses paroles. L'institutrice a ouvert de grands yeux. "C'est très inhabituel, a-t-elle dit.

— Qu'est-ce qu'elle veut, mon petit Max ?"

J'ai répété la phrase en russe à ma grand-mère. D'une main, elle m'a saisi par l'oreille en me tirant légèrement vers le haut et, de l'autre, elle a balayé d'un geste ample toute ma personne de la tête aux pieds.

"Regardez-le. Est-ce qu'il donne l'impression de pouvoir rester seul ?"

J'ai traduit.

"Pour être franche, oui", a dit l'institutrice en m'adressant un sourire encourageant. Jamais autant de femmes ne m'avaient souri qu'ici, en Allemagne. "Après tout, il comprend même déjà notre langue."

J'ai traduit.

"Rien, il ne comprend rien. Comment aurait-il appris cette langue ? À la télé ? C'est un idiot, il ne sait même pas combien font 2 + 2, et il maîtrise à peine la moitié de l'alphabet."

J'ai traduit.

"C'est pour cette raison que les enfants vont à l'école. Pour apprendre à lire, à écrire et à compter."

J'ai traduit, plein d'admiration devant le calme olympien de cette belle femme.

“Les autres enfants vont le démolir.

— Il n’y a aucune raison de vous inquiéter, je vous assure.

— Il n’a jamais été sans surveillance.

— Nous avons vingt-quatre enfants dans notre classe. Voyez-vous d’autres parents ?

— C’est un pauvre orphelin.”

J’ai arrêté de traduire, c’était trop rapide de toute façon. L’institutrice aux allures de princesse me faisait de la peine. Je savais ce qu’elle ne savait pas encore : qu’elle n’avait absolument aucune chance contre ma grand-mère. Mais elle lui a quand même tenu tête plus longtemps que je ne l’aurais cru.

Grand-Mère a dégainé mon dossier médical. Comme elle n’était pas parvenue à trouver un seul médecin allemand disposé à confirmer les différents diagnostics, elle avait investi une petite fortune dans la traduction et la certification notariale de la moindre remarque, même simplement griffonnée, sur ma santé. À maintes reprises, Grand-Mère s’était plainte auprès de Grand-Père que la formation des médecins d’ici était apparemment encore plus mauvaise qu’en Union soviétique puisque certaines maladies leur étaient parfaitement inconnues, même de nom. Grand-Père lui avait caressé la main.

“Je vais vous demander de bien vouloir régler ce problème avec la direction.” L’institutrice semblait tout à coup épuisée. Elle ne souriait plus et ne regardait plus non plus dans ma direction.

Grand-Mère a hoché la tête et s’est éloignée pour revenir peu après. Un sourire de triomphe aux lèvres, elle s’est installée sur le dernier banc de la classe avec une désinvolture affichée.

Plus Grand-Mère persévérait à son poste au dernier rang, plus elle se sentait confortée dans son jugement sur un système éducatif "digne du niveau de l'Afrique" – sa description définitive et sans réplique de conditions catastrophiques. Elle ne comprenait pas que les élèves puissent se rendre aux toilettes à tout moment, ni que l'institutrice nous autorise à boire et manger pendant la classe sans avoir auparavant désinfecté nos mains ou contrôlé que notre goûter ne comportait pas d'aliments interdits.

Grand-Mère n'y entendait rien non plus aux exercices qu'on nous donnait. Cela ne l'empêchait pas de courir jusqu'à ma place chaque fois qu'on nous distribuait une feuille, de mettre ses lunettes et de m'expliquer certaines notions, ce en quoi elle se trompait presque chaque fois. Au quotidien, c'était déjà un vrai coup de chance quand elle parvenait à placer au bon endroit les rares mots d'allemand qu'elle maîtrisait ; à l'école, c'était tout bonnement impossible. Son corps semblait engloutir la petite chaise sur laquelle elle s'installait pendant les travaux en groupe pour me dicter des réponses insensées. Pour l'occuper, je veillais à lui confier de menues tâches et la laissais colorier les illustrations qui accompagnaient les exercices de mathématiques.

Dans la cour, elle ne me lâchait pas d'une semelle non plus et empêchait toute tentative de ma part d'entrer en contact avec d'autres enfants. Pendant la récréation, je restais dans un coin de la cour à regarder mes camarades s'amuser, et elle se penchait vers moi, m'essuyait la bouche ou le front avec son mouchoir et chuchotait :

"Ne t'avise pas d'aller jouer avec le petit Turc, il a le regard fou, on dirait qu'il va mordre. Et regarde cette gamine ! Elle se tient presque aussi mal que toi, dans quelques années elle devra porter un corset contre la scoliose, tu verras... – Et vous, espèces d'avortons aryens, attention avec votre ballon, sinon c'est avec vos crânes que je vais jouer au foot ! – Tu vois un peu la vivacité des enfants normaux, et toi tu restes planté là comme un sac de patates à côté de ta grand-mère !"

Peu à peu, cependant, les devoirs sont devenus trop compliqués pour elle et les récréations passées à ne rien faire dans la cour ont commencé à l'ennuyer. Pour s'occuper au dernier rang, Grand-Mère emportait son tricot. Finalement, un matin, elle a déclaré, hargneuse, qu'elle n'était tout de même pas un chien de garde et qu'elle ne pouvait pas me surveiller vingt-quatre heures sur vingt-quatre. Puisque l'Allemagne m'imposait d'être scolarisé, l'Allemagne devait aussi veiller à ce que je reste en vie. Elle m'a fourré dans la main une liste d'aliments qui auraient à coup sûr raison de moi, m'a fait promettre de coller la feuille sur la porte de la classe et m'a dit au revoir devant le portail de l'école.

"Et ne parle pas au Juif roux ! m'a-t-elle encore crié alors que, n'en croyant pas ma chance, je traversais déjà la cour au pas de course.

— Quoi ?"

Aussitôt stoppé dans mon élan, je suis revenu sur mes pas. Jusqu'à présent, j'avais pris le Juif roux pour un personnage de conte, au même titre que Baba Yaga ou les sept nains.

"Tu veux dire qu'il existe vraiment ?

— Qu'est-ce que tu crois ? C'est bien pour ça que tu ne dois jamais donner ton nom à des étrangers. Compris ?

— Même pas à l'école ?

— Mais quel rapport avec l'école ? a tonné Grand-Mère. Ils t'ont de toute façon déjà sur leur liste. Imagine que tu es dans la cour et qu'un inconnu se tienne à la grille et t'appelle. C'est là que tu ne dois pas répondre, compris ?

— Et alors, il aura les cheveux roux ? ai-je demandé, un peu perdu.

— Mais qu'est-ce que j'en sais ?"

Grand-Mère a mis fin à la conversation d'un geste de la main et tourné les talons. À ce moment, elle est entrée en collision avec Vera, l'anorak ouvert, une bulle de chewing-gum aux lèvres, qui voulait passer.

"Mon petit ! l'a abordée Grand-Mère, en changeant aussitôt de ton. Toujours à l'heure, je vois ! Tu voudras bien t'occuper de mon petit Max en mon absence ? Je te donne un mark par semaine."

Vera m'a jeté un regard moqueur en ravalant sa bulle de chewing-gum. L'espace d'un instant, je me suis demandé avec inquiétude si le chewing-gum n'allait pas lui rester collé dans la trachée.

"Deux marks."

Grand-Mère a penché la tête de côté, émue.

"Et en plus elle est dégourdie."

Grand-Mère ne se lassait pas de me mettre en garde contre mes camarades de classe. Non seulement, me rabâchait-elle, j'étais de faible constitution et désavantagé intellectuellement, mais j'avais en plus hérité d'un physique qui invitait quasiment à la violence.

Sur la première photo de classe, elle avait signalé au stylo les enfants qui lui avaient déjà paru suspects pendant ses semaines passées au fond de la classe. En analysant leur physionomie et en triant leurs noms de famille selon leur origine, elle avait établi un classement des élèves les plus dangereux.

“Les Turcs sont des sauvages, m'a-t-elle expliqué, assise à la table de la cuisine, sans d'ailleurs faire de distinction entre les Syriens, les Afghans et les vrais Turcs. Quand ils vont te voir, toi et ton sourire idiot, ce sera direct la fin des haricots. Et impossible d'aller voir les parents, ce sont de véritables clans, inutile d'aller se plaindre. Tu sais comment la Horde d'Or a conquis Kiev à l'époque ? Mais c'est vrai que vous n'avez pas de cours d'histoire, vous passez votre temps à colorier des ronds. Surtout, ne dis à personne que tu as un lien avec des Juifs. Ils te scalperaient sur-le-champ.”

J'ai frémi. Si, peu à peu, je doutais de la véracité de ses affirmations, pour ce qui était d'attiser la peur, Grand-Mère restait encore très convaincante.

“Une Chinoise, a-t-elle dit en dessinant un cercle autour du visage d'une camarade de classe dont la mère était vietnamienne. Cherche sa compagnie, mais ne lui fais pas confiance. Elle ne veut pas que tu la surpasses et elle te mentira.

— Je ne lui parle jamais.

— Erreur ! Tu devrais lui parler, t'inspirer de ses combines. Mais qui voudrait te parler ? Reste avec les filles, elles ne te taperont peut-être pas aussi fort, mais ne joue pas avec elles, tu passerais pour une lopette auprès des Turcs. Compris ?

— Oui, ai-je dit d'une voix éraillée.

— Enrhumé ? Ouvre la bouche. Tire la langue, dis : *Ah.* Eh bien voilà, la gorge est rouge, il y a des streptocoques partout. La langue est chargée, c'est peut-être un champignon, il va te ronger de l'intérieur. Crois-en ta grand-mère."

Ses prophéties ne se sont pas réalisées. Personne n'a tenté de me taper. Depuis que Grand-Mère m'avait accompagné, je passais pour un intouchable, et les regards de mes camarades se posaient sur moi sans me voir, comme si en plus de tout le reste, j'étais invisible. Ils trébuchaient parfois sur mes pieds, mais continuaient aussitôt à courir sans même prendre la peine de se retourner. Personne ne s'intéressait à mon degré de judaïté. À l'école, il n'y avait qu'une seule personne qui me détestait ouvertement et devait pourtant toujours s'asseoir à côté de moi parce que les enseignants, en dépit de nos protestations, estimaient que "les similitudes de parcours" faisaient de nous les meilleurs partenaires possibles pour tous les travaux de groupe.

Lors des contrôles réguliers qu'elle entreprenait sur ma personne, quand Grand-Mère découvrait des bleus ou des griffures, j'inventais chaque fois un nouveau nom arabe, ce qui la confirmait dans l'idée qu'un dangereux gang était à mes trousses. Jamais de la vie je ne lui aurais avoué que ces blessures m'étaient infligées par une petite fille qu'elle payait pour s'occuper de moi : la fille de Nina, Vera.

FEMME SEULE AVEC ENFANT

Grand-Père se tenait à la fenêtre, immobile. La nuit était tombée, et je ne distinguais plus que les contours de sa silhouette. J'en étais même à me demander s'il respirait encore. Au bout d'un moment, Grand-Mère s'en est aperçue elle aussi. Elle a posé ses magazines et s'est plantée à côté de lui, piquée par la curiosité.

Je savais ce qu'il y avait à voir. À cette heure, Nina rentrait chez elle. Le plus souvent, un sac de courses à la main, elle passait par la cour pour rejoindre l'autre bâtiment du foyer, suivie de Vera traînant son cartable derrière elle. Toutes deux disparaissaient par l'entrée de service et, peu après, les fenêtres d'en face, au premier étage, s'éclairaient, puis les rideaux étaient tirés et il n'était plus possible de distinguer qu'un théâtre d'ombres. Quand Nina était en retard, Grand-Père restait plus longtemps à son poste, jusqu'à ce qu'il la voie finalement apparaître. Parfois, elle ressortait avec un sac poubelle quelques instants plus tard – cadeau inespéré qui dessinait l'ombre d'un sourire sur les lèvres de Grand-Père.

Je m'inquiétais en voyant maintenant mes grands-parents tous deux postés à la fenêtre. Soudain, Grand-Mère a poussé un cri de joie et tapé à la vitre.

“Regarde ! C’est Nina ! Mais d’où est-ce qu’elle tient ce manteau ?”

Grand-Père a reculé d’un pas et s’est détourné.

“Elle déménage dans deux semaines”, a déclaré Grand-Mère, le nez toujours collé à la fenêtre.

Le dos de Grand-Père s’est raidi. J’ai posé la question à sa place : “Ah bon ? Mais pourquoi ?

— Tout le monde déménage. Les gens normaux ont du piston pour de vrais appartements. À ce qu’on m’a dit, elle était drôlement pressée de quitter ce trou. Elle a trouvé un deux-pièces, cuisine, salle de bains. À mon avis, c’est parce qu’elle joue du piano. Alors que, nous, nous allons moisir dans ce taudis parce que ton grand-père préfère regarder par la fenêtre que de s’engager pour sa famille.

— Mais alors elle sera vraiment partie”, ai-je dit.

Grand-Mère a donné une bourrade à Grand-Père :

“Ça ne te fait rien ? Une femme seule avec enfant, abandonnée du monde entier. Nous sommes des gens convenables, il faut que tu l’aides.”

Grand-Père a gardé le silence.

“Pas un seul homme à ses côtés, la bienheureuse, a dit Grand-Mère, réfléchissant comme tant de fois déjà au destin de Nina. Mais il en faut quand même bien un pour planter les clous au mur. Elle, avec ses mains délicates, elle ne sait rien faire d’autre que de la musique. Voilà le résultat. Gengis, tu vas aider cette pauvre femme pour son déménagement.”

Grand-Père a hoché la tête en évitant de la regarder en face. J’ai entendu comme un martèlement accéléré et, dans un deuxième temps, j’ai compris qu’il s’agissait de son cœur, étrangement connecté au mien, qui propageait son émotion jusque dans mon corps.

Grand-Mère a secoué la tête. "Rassemble le bazar que tu as emporté de chez nous. Tes tournevis, que sais-je. Il a vraiment la comprenette au ralenti, cet homme. Il faut tout lui dire."

Je n'ai compris qu'ensuite que si Grand-Mère avait pris cette initiative, ce n'était pas uniquement par amour de son prochain. Cela faisait déjà quelque temps qu'elle s'efforçait d'établir un lien plus étroit avec Nina. "Une femme convenable, m'expliquait-elle. Une fréquentation agréable. Avec elle, pas de risque de se retrouver avec un couteau planté dans le dos. Une denrée rare de nos jours. Quatre-vingt-dix-huit pour cent des émigrants sont des traîtres." Plusieurs fois déjà, elle était allée frapper à la porte de Nina, mais sans succès : Nina n'était pas là, ou bien c'était qu'elle préférait ne pas ouvrir.

Si d'autres enfants du foyer redoutaient ma grand-mère, Vera, la fille de Nina, avait quant à elle pris ses quartiers à notre table de cuisine. Pour l'attirer chez nous après l'école, Grand-Mère avait acheté des bonbons et des cadeaux, presque comme les violeurs d'enfants contre lesquels elle me mettait en garde dans les histoires qu'elle me racontait le soir. À mes yeux, il était déjà bien suffisant qu'elle paie Vera pour sa mission de surveillance à l'école – on ne pouvait pas non plus dire que celle-ci la remplissait avec sérieux. Une fois qu'elle m'avait fait traverser la cour et installé avec rudesse sur ma chaise, elle ne s'occupait plus de moi – sauf pour me donner quelques coups de pied sous la table. Ce qui ne l'empêchait nullement de fournir des rapports détaillés sur ma journée d'école quand Grand-Mère le lui demandait.

“Il n’a rien fait. En fait, il n’a pas bougé.

— Hé oui, il est comme ça, ma petite Vera. Il n’a pas de force. Est-ce que quelqu’un l’a maltraité ?

— Non. Tout le monde sait que je le surveille, a affirmé Vera sans même rougir.

— Mais même toi, tu ne peux pas avoir les yeux partout”, a soupiré Grand-Mère.

Tandis que Vera déballait une nouvelle poupée, Grand-Mère posait nos cahiers côte à côte sur la table. Elle comparait ce qui était écrit, déplorant chaque fois mon écriture de cochon. “Regarde un peu comme les filles écrivent proprement. Si je pouvais, je ferais aussi de toi une fille, mon petit Max, mais il est malheureusement trop tard pour ça. N’écoute pas ce que dit la vieille Margo, Vera, ma chérie, j’admire simplement ton écriture. Chaque lettre est parfaite, pas étonnant que tu aies de bonnes notes. Tu finiras l’école avec mention, tu feras des études et un beau mariage. Et toi, l’écervelé ? Tu ne dis plus rien, hein ? Vera, ma jolie, quand est-ce que ta mère rentre à la maison ? Il faut que je lui parle.”

Un beau jour, Grand-Mère a finalement réussi à coincer Nina dans la cour. Ni une ni deux, elle a amené la conversation sur mon éducation musicale. Nina a reculé d’un pas, Grand-Mère en a fait un dans sa direction. Par sécurité, elle tenait Nina par la manche.

“Comme on le sait, il n’est jamais trop tôt pour initier un enfant aux miracles de la musique, ma chère Nina.

— Mais vous disiez vous-même que le petit était déjà dépassé par le programme de sa première année d’école.

— Les enseignants n’enseignent que des bêtises et, pour finir, les enfants sont plus bêtes qu’ils ne l'étaient avant. La musique pourrait être bénéfique au développement de mon petit Max.

— Pour être franche, je ne me sens pas capable de donner des cours à un élève aussi particulier.

— Il n'a rien de particulier du tout, il est en voie de décomposition, rien de plus.

— Justement, je ne suis pas préparée à ça, a insisté Nina en faisant tout son possible pour éviter de me regarder.

— Réfléchissez-y, Nina. C'est tout ce que je demande. Je sais que les Juifs ont un cœur eux aussi, et vous, vous êtes une personne si délicieuse. Mon mari vous aidera pour votre déménagement. Et c'est sans arrière-pensée. Laissez votre conscience en décider."

Je n'avais pas vraiment accordé de crédit à l'imminence du déménagement de Nina. J'étais habitué à ce qu'on annonce des choses qui ne se réalisaient jamais. En Russie, Grand-Mère avait répété mille fois qu'il nous fallait un appartement plus grand, mais nous n'avions jamais déménagé. J'attendais aussi toujours un voyage à la mer qu'on m'avait promis, de même que le sapin de Noël annoncé chaque année. Seule la promesse de partir pour l'Allemagne avait été tenue – et c'était précisément le sujet que Grand-Mère avait entouré du plus grand secret avant notre départ, craignant jusqu'au bout que quelqu'un puisse nous retenir à la frontière. Nous n'avions pas été autorisés à mentionner le pays dans lequel nous voulions émigrer, même pas au moment de faire nos valises, par peur des soupçons qu'auraient pu avoir les voisins, dont l'activité favorite était sans aucun doute de coller l'oreille au mur pour nous espionner.

Nina m'a alors enseigné que certains projets annoncés devenaient réalité plus vite que je n'étais en mesure d'en comprendre la portée. Ce déménagement pour moi si soudain monopolisait ses forces, mais aussi celles de Grand-Père. Il l'a aidée à emballer ses affaires dans les deux valises avec lesquelles elle était arrivée en Allemagne et à remplir quelques cartons de déménagement du peu qu'elle avait accumulé depuis. Il a descendu le tout et chargé la camionnette qu'il avait réussi à dégoter. Ensuite, il a passé des semaines et des semaines dans le nouvel appartement de Nina. Il y avait des murs à repeindre, des meubles d'occasion à monter, une cuisinière et une machine à laver à raccorder, des joints à refaire dans la salle de bains. Ces jours-là, Grand-Père rentrait tard à la maison et, en général, il se mettait tout de suite au lit. Parfois, il se relevait la nuit et sortait en douce. Quand je m'approchais alors de la fenêtre, je le voyais, à la lueur du lampadaire, debout dans la cour à fumer près des poubelles.

"Voyez-vous ça, le vieux devient bricoleur maintenant, a dit Grand-Mère, quand Grand-Père, tout juste rentré de chez Nina, a aussitôt filé sous la douche. Cette femme le fait trimer comme un esclave. Et chez nous, plus rien. Faut-il que j'en vienne à passer moi-même la serpillière pour que la poussière ne t'étouffe pas ?"

J'ai hoché la tête, ce qui me semblait être la réaction la plus prudente.

"Et toi tu hoches la tête, en plus ? Tu es de son côté ou quoi ? Vous vous êtes ligués contre moi ? Vous voulez m'empoisonner, je suis sûre ! s'est-elle emportée mais, après un court instant de réflexion, elle a repris sur un tout autre ton : Est-ce que ça ne serait pas formidable d'apprendre la musique, mon petit Max ? De s'asseoir élégamment au piano, en habit ? Montre-moi tes doigts. Non, enlève ça de ma vue, avec ces petits boudins tu n'iras pas loin. Mais au moins tu ne risques pas de te blesser."

Pour mon premier cours de piano, c'est mon grand-père qui m'a accompagné au nouvel appartement de Nina. Selon moi, ça n'était que justice – après tout, s'il n'avait pas été là, Nina n'aurait sans doute jamais accepté de m'apprendre la musique. Je me demandais avec inquiétude si Grand-Mère n'allait pas se montrer jalouse de cette nouvelle configuration, ou même exiger de se poster dans mon dos pour toute la durée du cours de piano, comme pendant les premières semaines d'école. Mais elle s'est contentée d'un geste de dénégation : "J'ai assez à faire. Grand-Père peut aussi s'occuper de quelque chose pour une fois – et ne t'avise pas de perdre le petit en route, espèce de bourreau."

Grand-Père m'a pris par la main. Il avait la paume sèche et râpeuse comme du papier. Sa poigne était puissante et légère, et je goûtais le fait qu'il n'y ait personne pour me tirer par le bras ou se plaindre de mon allure trop lente, trop rapide, ou encore de mes mains moites, signe probable d'une fièvre cachée, de la tuberculose, voire de mon trépas imminent.

À peine avais-je mis le pied dehors que j'ai eu l'impression de partir pour un tour du monde. Jusqu'à présent, mon existence allemande n'avait que rarement dépassé les limites du foyer, de l'école et du cabinet du pédiatre. Les trajets prolongés rendaient Grand-Mère nerveuse. Son inquiétude se reportait sur moi, si bien qu'après chaque excursion un peu plus éloignée, par exemple pour aller consulter un dentiste qui parlait russe, je me sentais soulagé d'avoir survécu sans trop de séquelles.

Le calme qui émanait de mon grand-père me laissait la possibilité d'observer mon environnement et de découvrir des choses étonnantes : les feuilles qui bruissaient au sommet des arbres changeaient de couleur, passant du vert clair à l'argenté selon la direction du vent, les fourmis affairées allaient et venaient dans les fissures de l'asphalte et personne, mais alors vraiment personne, ne s'intéressait à moi.

Je suis monté dans le tramway avec Grand-Père, et mon bonheur tout neuf a fait place à un accès soudain de panique.

"Par ici !" ai-je dit en le tirant jusqu'aux premiers sièges, juste derrière la cabine du conducteur. D'après Grand-Mère, c'était la place la plus sûre du tramway. Dans les bus et les voitures aussi, elle m'avait dit et redit dès le plus jeune âge de m'asseoir derrière le conducteur. "S'il arrive quelque chose, il réagira instinctivement de manière à sauver sa peau. Et toi, tu es juste derrière lui – ta place est même meilleure !"

Quand le siège était déjà pris, elle se mettait en colère et chassait le pauvre malheureux : "Ouste, on se pousse pour le petit impotent. Il y a des gens, je vous jure." S'il n'y avait pas de banquette double libre, Grand-Mère restait debout : elle, elle avait déjà vécu. Elle faisait rempart de son corps pour me protéger des autres passagers et jetait des regards furieux tout autour d'elle.

Grand-Père n'était apparemment pas au courant de cette catégorisation des places assises, mais il a cédé à mes exigences. Derrière le conducteur, il n'y avait qu'une seule place libre et, à ma plus grande consternation, Grand-Père s'y est installé. Je n'étais pas préparé à cette éventualité et je ne savais pas comment réagir. Faire tout simplement le trajet debout me semblait du domaine de l'impossible. Jamais Grand-Mère ne m'aurait autorisé à rester debout : le risque que je sois projeté contre les gens, les fenêtres ou les portes était trop grand. Me déplacer dans le wagon pour trouver une autre place libre impliquait en revanche que je perde le contact avec l'adulte responsable de moi, ce qui ne me semblait pas moins risqué. Je me suis agrippé à la barre.

Grand-Père n'a rien vu de mon tourment. D'une main légère, il m'a caressé la tête. J'ai eu l'impression qu'il voulait dire quelque chose, mais finalement, il s'est tu. Il a posé un court instant son regard sur moi avant de se tourner vers la fenêtre. En pareille situation, Grand-Mère ne m'aurait pas quitté des yeux ; elle me fixait constamment de son regard bleu ciel, comme si elle avait voulu me retenir, me protéger et me faire avancer dans la vie à la force de son esprit.

Peu à peu, je me suis tranquillisé parce qu'il ne se passait rien de grave et qu'après deux arrêts debout, j'étais toujours en vie. J'ai observé mon grand-père. Son front large était barré de rides tels des sillons dans un champ. Sa peau était beaucoup plus foncée que celle de ma grand-mère, et même plus foncée que la mienne. Ses yeux ne semblaient être que d'une seule couleur, sans pupille. Quand elle était de bonne humeur, Grand-Mère appelait Grand-Père "loup des steppes" et "petit nomade" , et quand elle était heureuse, chose plus rare encore, elle évoquait le peuple de mon grand-père, qui se déplaçait avec yourtes et moutons et buvait du thé mélangé à du lait de buffle.

J'avais essayé maintes fois de me représenter cette vie, mais je n'y étais jamais arrivé. Mon grand-père ne mettait que du sucre dans son thé. Les récits de Grand-Mère avaient pour moi des allures de contes.

Quand j'étais plus jeune, je pensais que Grand-Mère avait kidnappé Grand-Père pour qu'il l'aide dans les tâches quotidiennes et remplisse les petites missions qu'elle lui confiait : faire les courses (mais il faisait chaque fois les mauvais achats), réparer une table ou monter sur une chaise pour changer une ampoule ou attraper un bocal sur l'étagère du haut.

Il faut dire que Grand-Mère avait le vertige. Un jour qu'elle était montée sur le petit tabouret, elle avait fondu en larmes, paralysée par la panique, incapable de redescendre. Grand-Père, accouru en toute hâte, lui avait tendu la main et l'avait ensuite conduite jusqu'au fauteuil, gardant sa main dans la sienne jusqu'à ce qu'elle retrouve son calme. À ce moment-là, j'avais compris qu'il était auprès d'elle de son propre gré et que, contrairement à moi, il pouvait partir quand bon lui semblait.

LE MIRACLE DE LA MUSIQUE

Nina a ouvert la porte dès la première sonnerie, à croire qu'elle nous attendait. Debout sur le seuil, vêtue d'un jean et d'une chemise d'homme qui mettait sa silhouette en valeur, elle a posé son regard sur Grand-Père sans s'arrêter sur moi. J'ai tout d'abord cru qu'elle était en colère contre lui parce qu'elle ne disait rien, même pas "bonjour". Grand-Père lui aussi est resté sans rien dire, mais avec lui j'avais l'habitude.

Debout entre eux, je fixais les boutons brillants de la chemise de Nina. Grand-Mère ne se serait jamais habillée comme ça. Aussitôt à la maison, elle changeait de tenue, car les vêtements portés dans la rue répandaient des microbes dans l'appartement, sans compter qu'on les usait alors pour rien. En ville, quand ce n'était pas pour se hâter vers la synagogue, elle portait l'une de ses deux robes en coton à fleurs ou son nouveau survêtement, tandis qu'à la maison, elle portait un survêtement plus vieux d'une couleur devenue indéfinissable. S'il était au sale, Grand-Mère enfilait son peignoir. Je préférais le peignoir parce qu'il me semblait adoucir l'humeur de Grand-Mère et donner à ses mouvements une lenteur bienfaisante.

Nina m'a souri. "Bonjour, ai-je dit, électrisé, sans volonté, comme une mèche de cheveux qu'on a frottée contre un ballon de baudruche. Il ne faut pas que je reste dans le courant d'air – à cause des streptocoques."

Nina s'est excusée et nous a fait entrer. En appelant mon grand-père par son prénom, elle lui a demandé d'attendre dans la cuisine. Du fond de l'appartement a surgi une Vera ensommeillée.

"Fais chauffer le thé", a dit Nina à sa fille d'un ton las.

Je l'ai regardée s'éloigner, plein d'admiration devant le courage dont elle faisait preuve en s'exposant au danger de la bouilloire. Moi, on me chassait systématiquement de la cuisine dès qu'il y avait quelque chose sur le feu. Un jour que j'avais interrogé Grand-Mère sur la raison de cette mesure, elle m'avait montré des photos d'enfants à la peau brûlée qui, des mois plus tard encore, venaient hanter mes cauchemars. Je me demandais si je devais tomber amoureux de Vera. Mais jusqu'à présent, je n'avais su apprécier que les femmes et les jeunes filles qui me dépassaient en âge et en taille.

"Et donc, tu t'intéresses à la musique ?" a demandé Nina une fois que nous avons été assis côte à côte au piano.

J'ai secoué la tête. Ses yeux avaient la couleur du chocolat au lait allemand et, rien que pour cela, je ne voulais pas lui mentir.

"Grand-Mère dit que la musique, c'est beau, ai-je murmuré.

— Elle aime la musique ?

— Je crois que oui.

— Elle en écoute beaucoup ?

— Non. Parfois, elle écoute la radio, mais pas longtemps, parce qu'elle dit qu'elle ne peut pas vraiment se concentrer à cause des voix dans sa tête."

Je me suis tu, fasciné par les deux rides qui étaient soudain venues barrer le front de Nina, d'habitude si lisse.

"Les voix savent tout, ai-je aussitôt expliqué pour qu'elle ne se fasse pas d'idées. Elles lui disent ce qui va se passer, et elles peuvent aussi prévoir le temps qu'il va faire et deviner qui ment."

Nina a posé la main sur le pupitre et détourné son visage de moi pendant un moment. Puis elle m'a regardé.

"Tu veux un biscuit ? a-t-elle demandé.

— Je n'ai pas le droit, ai-je répondu.

— Ah oui, bien sûr", a-t-elle dit, puis elle s'est levée et elle est sortie de la pièce.

J'ai pressé quelques touches. Le son était étonnamment puissant. J'ai laissé mes doigts courir sur le clavier, sauté certaines touches, puis je n'ai plus appuyé que sur les blanches et, pour finir, sur les noires. C'était un vieux piano, ses touches jaunies me rappelaient les dents de ma grand-mère. Elle était fière de ses dents bien conservées, et surtout de sa dent en or dont elle disait : "Le jour où je serai morte, penses-y, c'est ton héritage. Tu pourras t'acheter une maison avec, si d'ici là nous n'avons pas encore la nôtre."

Dans la pièce voisine, Nina s'entretenait avec mon grand-père. Les cloisons étaient plus épaisses qu'au foyer et je n'entendais pas ce qui se disait, mais j'étais fasciné par la voix de l'homme qui était dans la cuisine, une voix de basse que je ne connaissais pas, comme si elle appartenait à un étranger. La voix de Nina, au contraire, était une voix de tête. À l'entendre, on aurait dit qu'elle était nerveuse, peut-être même mécontente, ce qui ne me semblait pas lui correspondre du tout.

Je me suis demandé ce qu'avait pu faire mon grand-père pour l'agacer de la sorte. Quant à lui, il ne modulait pas sa voix, qui me faisait penser à un 4×4 poursuivant lentement mais irrémédiablement son chemin sur une route cahoteuse. J'ai cherché la touche qui se rapprochait le plus de cette tonalité et je l'ai trouvée assez loin sur la gauche. J'ai fait résonner cette note à plusieurs reprises. Ensuite, j'ai trouvé une autre touche qui correspondait au rôle de Nina, et j'ai entamé une conversation entre les deux touches. Dans la cuisine, mon grand-père s'est finalement tu, et le temps a passé, ce qui ne me dérangeait pas parce que je savourais chaque minute de solitude. Finalement, Nina a reparu, des taches rouges sur le visage. Elle s'est assise à côté de moi sur la banquette et a secoué la tête.

"Mon Dieu, a-t-elle dit. Qu'est-ce que tu vas penser de moi maintenant ?"

Je ne pensais rien du tout, sinon qu'elle était vraiment jolie dans sa chemise d'homme à carreaux.

"Si tu étais un colibri, sur quelles touches viendrais-tu te poser ?"

J'ai compris qu'elle aussi, comme ma grand-mère, me prenait pour un idiot, mais j'ai quand même fait l'exercice correctement, ainsi que le suivant, qui consistait à localiser la place d'un éléphant.

"Et ici, ai-je ajouté, c'est Gengis."

Je lui ai montré avec fierté ma découverte. Comme elle ne répondait rien, j'ai relevé la tête et je suis resté interdit : elle avait les yeux mouillés de larmes.

Fébrilement, j'ai réfléchi à ce que je pourrais dire pour la consoler. Par bonheur, je me suis rappelé que rien ne rendait les femmes plus heureuses que des compliments sur leurs enfants. Alors je me suis penché vers Nina et je lui ai assuré qu'aujourd'hui, Vera avait l'air en parfaite santé.

Au retour, j'ai eu la possibilité de m'asseoir à côté de Grand-Père dans le tramway. Du bout des doigts, je tambourinais sur la vitre en m'imaginant que je jouais sur les touches d'un piano invisible, jusqu'à ce que Grand-Père, de sa large main, recouvre la mienne et l'éloigne de la fenêtre.

"Qu'est-ce que tu as appris comme notes ?" a demandé Grand-Mère. À la maison, Grand-Père m'avait remis entre ses mains, et elle avait aussitôt entrepris de me palper pour s'assurer que j'avais survécu sans dommage à notre excursion. Quant à Grand-Père, à peine arrivé, il s'était retiré sur son lit de camp dans la pièce attenante.

"Fatigué, le vieux, pas vrai ? a dit Grand-Mère. Il croyait sans doute qu'un enfant, ça s'éduque tout seul."

Elle m'a repeigné avec les doigts en m'appelant son "futur pianiste". Je n'avais pas l'habitude de voir Grand-Mère aussi satisfaite de moi, et je pressentais que ce n'était que passager.

J'ai fait remarquer à Grand-Mère qu'on ne pouvait pas apprendre correctement un instrument si on ne s'entraînait pas régulièrement. Elle s'est montrée surprise, mais elle a fini par se rendre à l'évidence. Comme nous n'avions ni la place ni l'argent pour un piano, elle a ordonné à Grand-Père de se débrouiller pour trouver une autre solution pratique et moins coûteuse. Deux jours après, il est rentré à la maison avec un petit synthétiseur en plastique.

Le nouveau jouet avait des touches rouges et blanches, ainsi que plusieurs boutons permettant d'activer différentes mélodies métalliques. Quand j'ai fait cette découverte, Grand-Mère, attirée par le son des notes qui s'enchaînaient, est accourue de la cuisine où elle était occupée à détacher la viande d'un os de bœuf qu'elle avait fait mijoter pendant des heures. Déçue de voir que le synthétiseur était tellement en avance sur moi, elle m'a traité d'imbécile sans talent et elle est retournée à son os bouilli.

Je craignais que Grand-Mère ne se mette en tête de m'accompagner au cours hebdomadaire de piano pour parler avec Nina de mon absence de progrès. Mais bizarrement, elle considérait comme acquis que ce soit Grand-Père, chaque jeudi, qui enfile ses chaussures quelques minutes trop tôt et attende que je trouve mes partitions et les lingettes désinfectantes. Je savourais les trajets silencieux en tramway, les trois quarts d'heure chez Nina et quelques minutes paisibles sur le banc, à l'arrêt de bus, pendant que Grand-Père, à bonne distance de moi, s'allumait une cigarette.

À la maison, Grand-Mère essayait de savoir où j'en étais en indiquant dans mon cahier des notes qu'elle me demandait de nommer. Pour rire, je faisais exprès de me tromper. Elle ne s'en rendait même pas compte.

Tout cela m'enhardissait. Quand elle se renseignait sur mes devoirs en mathématiques, j'allais jusqu'à affirmer qu'en Allemagne, les tables de multiplication étaient tout à fait différentes. Pour satisfaire la curiosité de Grand-Mère sur la nouvelle vie de Nina, je lui inventais un homme – une idée dont j'étais fier parce qu'elle me donnait le sentiment d'avoir éloigné Grand-Père de la ligne de mire. Je prétendais n'avoir jamais vu cet amoureux mystérieux mais avoir découvert dans l'appartement de Nina des objets qui attestaient de sa présence : pantoufles géantes dans le couloir ou cendrier débordant de mégots sur la table de la cuisine, et je trouvai même plausible d'évoquer un tournevis oublié sur la commode.

Mon invention me permettait de cerner les choses qui me sautaient aux yeux dans l'appartement de Nina mais qu'aucun adulte n'avait jamais jugé utile d'aborder. Depuis peu, il y avait ainsi réellement chez Nina des pantoufles pour mon grand-père, même s'il n'avait pas les pieds aussi grands que l'homme que j'avais inventé. Et Grand-Père, au contraire de ce qui se passait dans ma version de l'amoureux, ne fumait que sur le balcon. C'était là que se trouvait la tasse qui lui servait de cendrier. Et s'il bricolait ou rafistolait quelque chose dans l'appartement de Nina pendant le cours de piano, comme s'il avait voulu justifier sa présence, il ne laissait jamais traîner ses outils. Il n'était pas aussi souillon que le bonhomme de mon invention, déjà si antipathique dans mon imagination que j'en voulais presque un peu à Nina. Quand je sentais que Grand-Père, par une expression du visage, ou Nina, par un mot imprudent, se trahissaient, je n'avais qu'une envie : me boucher les oreilles et me cacher les yeux. Il me semblait parfois que dans l'appartement de Nina poussait une plante délicate et invisible que les regards étrangers menaçaient, tandis que mes paroles avaient le pouvoir de la protéger.

“Un Allemand ? a demandé Grand-Mère, après avoir écouté mes récits avec attention, le nez froncé. Ça m'étonnerait. Ils sont aussi ordonnés que ton grand-père.

— Je ne sais pas.

— Je vais te dire une chose, mon petit Max : ce genre d'histoires, ça ne tient pas longtemps.”

Nous étions passés dans la classe supérieure quand Vera a cessé de me pincer et de me donner des coups de pied sous la table. J'avais supporté sa colère sans un mot, d'une part parce que ça n'était pas si douloureux qu'elle l'aurait sans doute aimé, et d'autre part parce que j'étais fasciné par Vera, qui ressemblait tant à sa mère et était en même temps si différente d'elle.

Nina était la personne la plus douce que j'aie jamais rencontrée. Dès que j'arrivais chez elle, je sentais toutes les tensions s'envoler. Je me disais que c'était aussi ce que ressentait Grand-Père. Comme je ne pouvais pas vraiment m'exercer à la maison, Nina m'occupait avec de petites études d'intervalles ou chantait avec moi l'*Internationale*, que Grand-Mère appréciait elle aussi : dans ses bons jours, elle m'en demandait la version plastique sur le synthétiseur, dont le son m'était presque insupportable.

Depuis que j'étais en mesure de jouer quelques mélodies faciles, Grand-Mère parlait de mes capacités en termes plus respectueux. Elle me demandait d'autres tubes de sa jeunesse, *Un million de roses* ou *Bella ciao* – qu'elle pensait avoir été volée au peuple soviétique par les Italiens, tout comme les

Américains avaient selon elle copié *Le Magicien de la cité d'émeraude*, monument de la littérature russe pour enfants. Je me heurtais à l'incompréhension de Nina en m'obstinant à vouloir jouer ces mélodies, mais elle préparait quand même des arrangements faciles et me demandait en riant de ne révéler à personne que je prenais des cours chez elle.

Je savourais chaque seconde passée dans son appartement – comme si en entrant chez Nina, on me permettait de goûter à l'état d'apesanteur. J'avais le droit de faire des fausses notes, de poser des questions idiotes, de regarder par la fenêtre. Je pouvais aller aux toilettes sans être obligé de prouver ensuite que je m'étais bien savonné les mains deux fois. Nina me serrait parfois dans ses bras, et je n'arrivais pas à savoir si c'était lié à ce que je jouais ou à son humeur – peut-être les deux. J'enviais Vera d'avoir une mère pareille, mais jamais je ne l'aurais avoué : j'aurais eu l'impression de trahir ma jolie maman blonde au visage piqueté de taches de rousseur, que je n'avais jamais vue parce que Grand-Mère ne prêtait pas foi aux photos.

À la longue, j'étais navré que Grand-Père et Nina fassent devant moi comme s'ils n'avaient rien à se dire, comme si la troisième brosse à dents dans la salle de bains appartenait vraiment à l'étranger sans visage que j'avais imaginé, comme si le paquet de cigarettes bien connu posé à côté de la boîte à thé dans la cuisine de Nina avait été oublié par un invité. Plus l'appartement de Nina devenait un deuxième foyer pour mon grand-père, et plus j'avais le tournis en songeant qu'il existait plusieurs versions de chaque vie. Théoriquement, il pouvait donc peut-être y avoir pour moi aussi autre chose que de la purée de chou-fleur et Grand-Mère tressant ses cheveux devant moi.

Le cours de piano me faisait l'effet d'une courte promenade dans un monde qui m'était interdit à la maison. À la fin du cours, Nina m'envoyait à la cuisine où du thé et des gâteaux m'attendaient sur la table. Grand-Père fumait sur le balcon et, comme chaque fois, elle le rejoignait pour un moment. Derrière les rideaux ondulant dans le vent, leurs silhouettes semblaient unies par les épaules, formant un être à deux têtes couronné d'un filet de fumée. D'habitude, je profitais pleinement de ce quart d'heure de solitude pendant lequel je trempais dans mon thé noir un biscuit que je faisais ensuite fondre lentement sur ma langue. Mais là, tout à coup, je ne tenais plus en place. J'ai pris un biscuit et traversé le couloir pour m'immobiliser devant la porte entrouverte de la chambre de Vera.

Allongée sur le ventre, Vera lisait une bande dessinée. Aussitôt, elle s'est redressée et m'a fixé de ses grands yeux noisette.

"Tu fais tout le temps des fausses notes.

— Je sais."

Je suis entré dans sa chambre et je me suis assis sur le rebord du lit, étonné qu'elle ne recule pas aussitôt.

"Elle pleure toutes les nuits, a dit Vera, et ce n'était pas avec sa hargne habituelle, mais plutôt d'une voix ténue et désespérée. Lui aussi ?

— C'est un homme, ai-je dit. Il ne fait que se taire.

— Mais pourquoi est-ce qu'ils font ça ?"

J'ai haussé les épaules.

"Je vais le dire à ta grand-mère."

D'effroi, je me suis étranglé avec mon biscuit.

“Tu n’as pas le droit de faire ça, ai-je dit dans un râle tandis que Vera me tapait dans le dos. Jamais. Elle le tuera. Et Nina aussi. Et moi aussi. Et peut-être même toi !

— N’importe quoi.

— Oh si, elle le fera. Elle a déjà essayé de l’empoisonner.”

Vera m’a regardé, bouche bée.

“Avec quoi ? a-t-elle demandé.

— Avec de la mort-aux-rats, ai-je dit. Mais finalement, elle lui a repris sa tasse et l’a vidée dans l’évier.

— Mais pourquoi ?

— Parce qu’elle a encore besoin de lui.

— Je veux dire : pourquoi est-ce qu’elle voulait l’empoisonner ?

— Je ne sais plus”, ai-je dit.

Les occasions, trop nombreuses, s’étaient mélangées dans mon souvenir.

Vera a fait la grimace. J’ai vu son pied initier un mouvement dans ma direction comme au bon vieux temps, mais finalement, elle s’est retenue. Je me suis quand même frotté le tibia, soudain pris de douleurs fantômes.

MOITIÉ-MOITIÉ

Grand-Mère reprochait régulièrement à Grand-Père notre pauvreté.

"À quoi bon trimbaler le gamin à l'Ouest si c'est pour être incapable de le nourrir et dépendre de l'aumône allemande ?" vociférait-elle comme si cette idée d'émigration venait de mon grand-père. Je n'avais jamais bien compris quel métier il avait exercé avant, une activité en tout cas toujours qualifiée par Grand-Mère comme étant "sans importance". Au foyer, comme le gardien préférait bricoler sa propre voiture, Grand-Père s'était mis à réparer les robinets qui gouttaient et les radiateurs récalcitrants. Bientôt, Grand-Mère avait écrit "Exécute tous travaux à bas prix" sur cinquante feuilles de papier avec, en dessous, notre numéro de téléphone, puis elle avait collé les affichettes sur les réverbères.

Désormais, Grand-Père passait beaucoup moins de temps allongé sur le lit de camp de la chambre voisine. Certains jours, il partait de la maison à l'aurore, quand j'étais encore dans la cuisine, occupé à la repoussante tâche d'avaler mon bouillon de poule, et il ne revenait qu'au moment où je m'endormais déjà sur le canapé transformé en lit, pendant que Grand-Mère m'enduisait les talons avec de la graisse d'oie. Il se faufilait alors sans bruit dans le passage étroit qui restait entre la porte et le lit, murmurait quelques mots et disparaissait dans la chambre voisine, ce que ma grand-mère commentait en sourdine : "Où étais-tu, toute la journée ? Moi, je m'échine vingt-quatre heures sur vingt-quatre pour cet enfant malade pendant que, lui, il se balade, et le peu d'argent qu'il rapporte à la maison est tout juste bon à vous faire pleurer."

Grand-Père se taisait. Allongé à côté de Grand-Mère, je faisais semblant de dormir.

Le matin, quand le réveil m'arrachait à mon sommeil, je voyais Grand-Mère assise en train de compter l'argent. Elle lissait les billets et les empilait proprement. Ce faisant, elle ne semblait jamais satisfaite de la hauteur des tas. Elle secouait la tête et faisait claquer sa langue avec mépris. "À croire qu'il paie pour avoir le droit de peindre une clôture, marmonnait-elle dès qu'elle remarquait que j'étais réveillé. N'importe quel homme normal aurait rapporté au moins le double."

Allongé dans mon lit, je mesurais avec étonnement combien elle était proche de la vérité. J'étais persuadé que Grand-Père remettait exactement la moitié de ses gains à Nina après en avoir prélevé une petite somme pour ses cigarettes et ses journaux. Comme Grand-Mère, qui croyait dur comme fer que Nina était entretenue par un inconnu, j'étais moi aussi convaincu que les cours de piano ne suffisaient pas à la faire vivre. Un jour, en plein milieu de mon morceau, j'avais vu Nina se lever comme si elle ne pouvait pas attendre une seconde de plus pour passer dans la pièce à côté. Par la porte entrouverte, j'avais vu des billets voler à la figure de Grand-Père.

“Comme si j’avais besoin de ta charité ! Tu veux aussi que je te coupe en deux, que je prenne un bras, une jambe ?”

Grand-Père s’était agenouillé, il avait ramassé les billets de vingt marks et les lui avait glissés dans la main. Il tenait la main droite de Nina serrée dans ses deux paumes. Ce jour-là, j’ai pianoté seul et sans relâche les mêmes accords de ma version pour enfants des *Yeux noirs*. Nina n’est pas revenue s’asseoir à côté de moi. Au retour, sur la chemise de mon grand-père, il y avait au niveau de l’épaule des taches humides que le vent a séchées peu à peu.

Vera semblait avoir été impressionnée par l’interdiction que je lui avais donnée de trahir Nina et Grand-Père. Elle m’adressait désormais la parole plus souvent, ce qui n’était pas toujours pour me réjouir.

Elle posait des questions. Beaucoup de questions. À sa façon d’exprimer les choses en ayant l’air de vous envoyer un coup de poing dans l’estomac, Vera ressemblait à Grand-Mère. Elle me demandait pourquoi Grand-Mère me surveillait encore quand j’allais jouer au parc. Pourquoi elle portait mon cartable, pourquoi elle venait jusqu’au portail de l’école me donner un thermos avec une infusion de plantes médicinales, pourquoi un jour, en pleine rue, elle s’était effondrée à terre en poussant un cri strident qui avait dû s’entendre dans tout le voisinage, seulement parce que j’avais dans la main une canette de limonade qui appartenait en fait à Vera et dont j’avais pris une seule petite gorgée pour voir si mon estomac allait véritablement se dissoudre – ce qui n’avait pas eu lieu, sans doute parce que j'avais aussitôt tout recraché. Elle me demandait si ma grand-mère était vraiment cette sorcière pour qui on la prenait, si elle était complètement tapée ou seulement un peu, pourquoi je me lavais les mains avant *et* après les repas, si j'étais vraiment allergique aux poils d'animaux *et* d'humains, s'il était peut-être quand même possible que ma mère m'ait vendu à ma grand-mère ou bien si c'était celle-ci qui m'avait enlevée. Le manque de tact de Vera me subjuguait et je faisais vraiment de mon mieux pour satisfaire sa curiosité.

Grand-Mère continuait de considérer les autres enfants avec un mélange de fascination, de jalousie et de méfiance. Les petits Allemands blonds, impassibles, refusaient de la comprendre, ce qui l'avait même un jour amenée à la conclusion qu'il y avait des enfants encore plus débiles que moi. Ils dédaignaient les gaufrettes au chocolat offertes, les noisettes en pâte sablée fourrées au lait condensé sucré et autres délices du supermarché russe voisin que Grand-Mère achetait dans des élans de nostalgie et dont elle me laissait humer les emballages. Vera, à l'inverse, acceptait toujours les sucreries, mais s'installait aussi avec de plus en plus de plaisir à notre table de cuisine, soi-disant pour m'aider à faire mes devoirs. Contrairement à ma grand-mère, je savais ce qui la motivait : au moment où Grand-Père rentrait à la maison et apercevait Vera, elle se délectait de sa mauvaise conscience, de cette douleur vive sur son visage d'habitude si impassible.

"Explique-lui à cet imbécile, explique-lui, mon petit", répétait Grand-Mère en s'affairant autour de nous tandis que Vera et moi, penchés sur nos cahiers, travaillions en nous donnant de petits coups de pied. Ce n'étaient plus les rossées des premiers temps, mais plutôt des tâtonnements, parfois presque des caresses, qui chatouillaient terriblement.

"Moi qui étais si douée en mathématiques autrefois ! Mais je ne sais pas, les mathématiques allemandes ne fonctionnent pas pareil, et, lui, il ne croit pas sa grand-mère quand elle lui dit comment faire. Il croit que sa grand-mère est une idiote, c'est comme ça quand on vieillit. Un jour, je ne servirai plus à rien, et il pourra danser sur ma tombe. Peu importe, la dent en or, je la lui laisse quand même en héritage. Tu veux la voir aussi, mon petit ?

— Vous n'êtes même pas vieille, a répondu Vera, magnanime, en mordant dans le chocolat que Grand-Mère lui avait fourré dans la main.

— Je suis vieille, ma fille, pour moi chaque année compte double. Ce qui fait que j'ai déjà dépassé les cent ans. Au fond, je ne suis pas si mal conservée pour une vieille, pas vrai ?"

Pendant que Vera mastiquait toujours, Grand-Mère m'a donné une petite tape affectueuse sur le derrière de la tête.

"Ta mère doit être reconnaissante d'avoir une fille si intelligente, si débrouillarde et en pleine santé, touchons du bois. Comment va Nina ? Elle est en bonne santé ? Elle est toute seule, la bienheureuse, mais cela n'empêche pas qu'on se sente parfois délaissé de tous quand on est loin de chez soi."

Vera a grommelé quelque chose en plantant ses dents dans le bout déjà mâchonné de son crayon à papier.

"Enlève ça de ta bouche, mon petit, ça va faire des éclats de bois et ils vont te transpercer l'œsophage. Une mort atroce."

Vera a ignoré sa remarque. Au lieu de m'expliquer les devoirs, comme Grand-Mère le demandait, elle avait depuis longtemps posé mon cahier à côté du sien et recopiait mes réponses. Ensuite, elle a taillé ses crayons avec mon taille-crayon, sans le vider. Le tic-tac de l'horloge résonnait de plus en plus fort à mes oreilles tandis que Vera passait des heures aux toilettes sans prendre ensuite la peine de se laver les mains, et je me demandais pourquoi Grand-Mère ne le remarquait pas, elle qui n'hésitait pas à faire la leçon à de parfaits inconnus sur les dangers du choléra et de la dysenterie. J'aurais bien aimé assister à une prise de bec avec Vera, mais les heures qu'elle passait chez nous se déroulaient et se terminaient toujours de la même manière : le soir, quand Grand-Père ouvrait la porte, Vera était encore là et lui adressait un sourire narquois.

"Voilà déjà le vieux, affamé comme toujours, il a dû dépenser plus d'argent qu'il n'en a gagné, va te laver les mains. Non, ne te mets pas à table, tu es vieux, tu peux attendre. La petite doit d'abord rentrer chez elle, il y a plein de Turcs dans sa rue et, rien qu'à la regarder, on sait qu'elle est juive, ce n'est pas une insulte, mon petit, tu t'es sans doute déjà regardée dans le miroir. Accompagne-la jusqu'à sa porte, nous ne sommes pas des bêtes, quand même. Tu veux que je te fasse un casse-croûte pour le trajet ?"

Grand-Père déclinait l'offre d'un mouvement du menton. Il regardait Vera, et son regard luisant implorait un pardon qui me déplaisait : après tout, c'était mon grand-père et pas le sien.

Je n'en voulais pas à Grand-Père de ses absences de plus en plus prolongées, pas plus que je ne me posais vraiment la question de savoir si les nuits qu'il passait à l'extérieur étaient dues à son travail, ni combien il en consacrait alors à Nina. Ma tolérance a atteint ses limites quand j'ai remarqué qu'avec Vera, il appliquait un étrange principe d'égalité. Quand il revenait au bout de quelques jours d'absence, il me rapportait de petits cadeaux, l'une des rares dépenses qu'il s'autorisait en plus de ses cigarettes. Du moins était-ce ce que j'avais supposé avant de découvrir dans la chambre de Vera tant d'objets identiques aux miens qu'il était impossible de croire au hasard.

Quand Grand-Père m'offrait des bulles de savon, je trouvais le même flacon sur le bureau de Vera. S'il m'apportait une peluche, sa jumelle posée sur le lit de Vera me sautait aux yeux. Qu'il fasse aussi peu de distinction entre une étrangère et son petit-fils confirmait ce que ma grand-mère avait toujours prétendu – que personne au monde ne s'intéressait à moi autant qu'elle.

"Et peut-être aussi le Juif roux, ajoutait-elle à coup sûr.

— Il n'existe même pas, tentais-je parfois de protester.

— Tu ne crois pas ta grand-mère, hein ? ricanait Grand-Mère. Et qu'est-ce que tu dis de ça ? Quand tu avais cinq mois, il t'a volé dans ton landau. Vraiment. Je t'avais laissé devant la boulangerie, les marches étaient trop hautes, et pas un bougre pour m'aider. Tout de suite, il s'est jeté sur toi et il t'a attrapé. Je lui ai couru après, j'ai appelé la *militsia* et je t'ai repris de force.

— Et lui ?"

La force de persuasion de ma grand-mère était phénoménale : j'avais vraiment le sentiment qu'un vague souvenir s'imposait alors à mon esprit, face à moi un visage déformé avec une paupière palpitante, et mes jambes et mes bras tiraillés sans pitié, mais de l'autre côté.

"Il s'est enfui, le couard, s'indignait Grand-Mère.

— Qu'est-ce qu'il voulait ?

— Rien de bon, c'est certain.

— Mais il me voulait, moi ? Peut-être qu'il n'avait pas d'enfant à lui ?"

Grand-Mère a soufflé bruyamment.

"Qu'est-ce que c'est que cet interrogatoire ? Tu ne crois pas ta grand-mère ? Un jour, tu vas peut-être quand même atteindre l'âge adulte, et tu partiras sans te retourner. Tu me laisseras crever sans rien, même pas un verre d'eau. Tu m'oublieras. L'homme est un animal ingrat."

Je ne voyais pas comment je pourrais un jour oublier Grand-Mère. Au prétexte que ça empestait les produits chimiques, elle m'avait pris la peluche rapportée par Grand-Père et l'avait refourguée à un morveux du voisinage. Un illustré que Grand-Père m'avait offert avait fini à la poubelle parce que c'était une cochonnerie qui allait réduire mon cerveau en bouillie. J'ai pleuré sa perte et, finalement, j'ai pu lire la fin dans la chambre de Vera. Par la même occasion, j'ai appris que mon grand-père les avait emmenées manger une glace, elle et Nina. Sur le chemin du retour, après le cours de piano, j'ai exigé de mon grand-père qu'il reste fidèle à son principe d'équité. Moi aussi, je voulais une glace.

Grand-Père m'a regardé. J'ai plongé dans son regard sans fond. J'avais un peu honte de ma demande et j'ai été surpris de voir Grand-Père hocher lentement la tête.

Ma main dans la sienne, nous sommes entrés chez un marchand de glaces. À vrai dire, ce n'était pas ma première fois. Grand-Mère adorait la glace. Quand elle s'en achetait une, elle me laissait parfois tenir son cornet le temps de se désinfecter les mains avec des lingettes. Mais là, quand le vendeur s'est adressé à moi personnellement pour savoir quel parfum je voulais, la tête m'a tourné. Dépassé par l'offre, j'ai pointé du doigt un bac rempli d'une masse rose, tandis que Grand-Père commandait une boule de menthe. Nous sommes ressortis nos cornets à la main et nous sommes allés nous asseoir sur un banc.

Ce n'est qu'après avoir terminé sa glace que Grand-Père a remarqué que je n'avais même pas goûté à la mienne.

"Tu n'aimes pas ?" a-t-il demandé en tendant la main pour récupérer de l'index une goutte de glace rose qui dégoulinait. J'ai secoué la tête. La glace fondait dans ma main et j'avais l'impression de tenir une grenade dégoupillée.

Certaines nuits, quand je n'arrivais pas à dormir parce que mon estomac déçu par la crème de riz et la bouillie d'avoine criait famine, j'imaginais tout ce que j'avalerais si je n'avais plus qu'une semaine à vivre. Voyant déjà la fin, je songeais à des gâteaux au chocolat et à la crème au beurre, à des crêpes dégoulinant de Nutella, à des beignets bien gras fourrés à la confiture tels que j'en voyais parfois dans les vitrines des boulangeries. La tête pleine de ces images, je m'agitais dans mon lit jusqu'à ce que Grand-Mère se lève en soupirant pour aller me chercher un calmant dans son insondable trousse à pharmacie. Après ça, il me manquait le souvenir des deux jours suivants.

L'épaisse masse rose me coulait sur les doigts. Mon grand-père a compris mes états d'âme et il m'a tendu la main pour mettre un terme à ma torture, mais je me suis accroché au cornet collant. Alors il est retourné chez le glacier pour prendre quelques serviettes, et c'est là que j'ai décidé que le jeu en valait la chandelle. J'allais me lécher les doigts et, ensuite, tomber enfin raide mort.

Quand Grand-Père a reparu avec une pile de serviettes, j'étais occupé à croquer les dernières miettes du cornet. Cette glace fondue avait été ridiculement petite. Grand-Père a interprété mon regard avec justesse et il est parti en acheter une autre.

Quand je ne serai plus de ce monde, me suis-je dit en mordant à pleines dents douloureuses dans la deuxième boule de glace, il allait pouvoir s'installer pour toujours chez Nina et acheter des bandes dessinées et des chewing-gums à Vera. Et j'ai attendu qu'il se passe quelque chose.

Nous avons marché jusqu'à l'arrêt de tramway. En chemin, Grand-Père a humidifié les serviettes à l'eau d'une fontaine et il m'a aidé à me nettoyer la bouche et les mains. J'avais l'impression qu'il s'agissait d'effacer les traces d'un crime et, pendant un instant, j'ai songé que les méchants germes allemands qui se trouvaient dans l'eau de la fontaine allaient tout de suite coloniser mon intestin et mes poumons et que je mourrais dans d'atroces souffrances.

Mon estomac s'est contracté, pas parce que la douleur venait de l'intérieur, mais parce que je m'étais recroquevillé dans un mouvement de panique et que j'avais cessé de respirer. Grand-Père s'était allumé une cigarette alors que j'étais juste à côté de lui.

Croire qu'un tel crime puisse échapper à ma grand-mère était bien naïf. Quand nous sommes entrés dans l'appartement, elle était assise à la table de la cuisine, de bonne humeur, occupée à me tricoter des chaussettes en laine. Grand-Père a fait une tentative pour rejoindre la pièce attenante. Grand-Mère a inspiré bruyamment. Les ailes de son nez ont frémi.

"Tu as fumé devant le petit ? Tu as perdu la tête ?

— Non, non, me suis-je écrié, c'était à l'arrêt de tramway. Il y avait un monsieur ! Et il avait une cigarette !

— Et ton grand-père, il était là pour quoi ? Il n'aurait pas pu arracher la cigarette de la gueule de ce porc et la lui fourrer dans les fesses ?"

Fasciné par le choix de son vocabulaire, j'en ai brièvement oublié mon angoisse.

"Grand-Père est trop vieux pour la bagarre, ai-je dit doucement.

— Trop vieux ? Cet étalon ? Tu l'as vu charrier des planches et des tuyaux ? Les Asiatiques ne vieillissent pas. Il n'y a qu'une personne qui vieillit ici, c'est moi."

J'ai avancé la main et caressé l'avant-bras de ma grand-mère. L'espace d'un instant, son visage s'est adouci, mais ensuite, ses sourcils se sont froncés, menaçants. Elle m'a attrapé la main, l'a retournée et a reniflé le creux de ma paume. Mon cœur s'est arrêté de battre.

Elle m'a repoussé avec une force si inattendue que je suis tombé à la renverse, me cognant la tête contre le mur. Elle a couru jusqu'à la pièce voisine où Grand-Père était en train de suspendre sa chemise sur le dossier de la chaise. Comme un bull-terrier devenu fou, Grand-Mère s'est jetée sur lui, elle a tiré sur son maillot de corps et elle a frappé Grand-Père de ses deux poings.

"Complètement barré ou quoi ? a-t-elle crié tandis que mon grand-père faisait son possible pour protéger son visage des coups. Tu donnes quoi à cet enfant ? Donne-lui de la mort-aux-rats tant que tu y es ! Tu t'en fiches de ce petit ? Maya tuée, et maintenant, c'est au tour du gamin ? Mais ça ne se passera pas comme ça, pas avec moi. Je vais te faire enfermer."

J'ai appuyé ma tête vrombissante contre le mur et fermé les yeux. Grand-Père ne répondait pas. Les coups de ma grand-mère sont devenus plus lents, moins violents. Et puis le bruit a cessé. Je suis allé jeter un coup d'œil dans la pièce d'à côté.

Grand-Mère, les yeux clos, était appuyée contre Grand-Père. Il la tenait bien serrée dans ses bras, sa joue contre la tempe de Grand-Mère. Ses épaules et ses bras étaient tout égratignés, comme s'il avait traversé un buisson de ronces.

Ils sont restés comme ça pendant ce qui m'a semblé être une éternité. Je retenais mon souffle, incapable de bouger.

DEUX CRIMINELS

La glace à la fraise à laquelle, contre toute attente, j'avais survécu m'avait enseigné deux choses : Grand-Mère se trompait plus souvent que je ne le pensais, et le bonheur était plus accessible que je ne l'avais cru. D'une seconde à l'autre, le monde bariolé des nourritures interdites s'est ouvert à moi.

Bien sûr, j'avais déjà repéré depuis longtemps les sucreries qui emplissaient les rayons des supermarchés, les vitrines des boulangeries et les étals du centre-ville, mais je comprenais désormais qu'il me suffisait de tendre la main pour y accéder. J'ai dit à Grand-Mère qu'il me fallait de l'argent de poche. Elle a regardé par-dessus les verres de ses lunettes :

"Pourquoi ? Pour des filles nues ?

— Quelles filles nues ? ai-je demandé, déconcerté.

— Celles des journaux.

— Quels journaux ?

— Ceux du kiosque ! s'est époumonée ma grand-mère. Mais enfin, comment peut-on être aussi bête ? Demande à ton grand-père."

Je m'en suis bien gardé. Et je n'ai pas eu d'argent.

"L'argent, ça ne pousse pas sur les arbres, a dit Grand-Mère. Qui ne travaille pas ne dîne pas.

— Mais toi non plus, tu ne travailles pas."

Grand-Mère a posé avec soin son tricot et ses aiguilles, elle a attrapé une tasse et l'a envoyée contre le mur. C'était le mur à côté duquel je me trouvais, et je me suis dit qu'elle n'avait pas vraiment eu pour objectif de me toucher. Malgré tout, l'un des éclats de la tasse m'a effleuré et j'ai crié bien fort "Aïe" alors que je n'avais pas eu mal. Je voulais qu'elle regrette son emportement. Mais elle avait beau se soucier en permanence de ma santé, quand je faisais précisément appel à son inquiétude démesurée, ça tombait toujours à plat.

Grand-Mère s'est levée, l'air mélancolique, et elle est allée chercher une balayette qu'elle m'a mise entre les mains.

"Alors comme ça, je ne travaille pas ? Et qui est-ce qui te couve du soir au matin et du matin au soir ?"

J'ai entrepris de ramasser les tessons.

"Donne, a dit Grand-Mère sans bouger d'un pouce. À tous les coups, tu vas te couper, la plaie va s'infecter, tu vas perdre un doigt, et à qui pourras-tu ensuite encore servir ?"

À genoux, j'ai murmuré pour l'apaiser :

"Je ne sers à rien de toute façon.

— C'est bien ce que je disais", a renchéri Grand-Mère.

Pendant un moment, j'ai caressé l'idée qu'elle pourrait me payer pour mon travail. Je pourrais la décharger de certaines tâches quotidiennes et recevoir un salaire pour ma peine. Mais j'avais beau me creuser la cervelle, aucune activité adaptée ne me venait à l'esprit. C'est là que je me suis rendu compte que Grand-Mère n'en faisait pas tant que ça à la maison. Le plus souvent, c'était Grand-Père qui passait la serpillière ou nettoyait la salle de bains. En réalité, elle ne s'occupait vraiment que de moi, et ça, je ne pouvais pas le faire à sa place.

C'est comme ça que j'ai commencé à voler. Plusieurs fois, je me suis servi dans son sac à main. Je sortais son porte-monnaie, j'y prenais quelques pièces et un petit billet, et je replaçais bien vite le porte-monnaie dans le sac. La première fois, j'avais encore craint qu'elle s'en rende compte. Mais apparemment, elle ne savait pas exactement ce qu'il y avait dans son porte-monnaie. Il contenait aussi quantité de petits papiers inutiles qui empêchaient d'accéder rapidement aux pièces et aux billets – numéros de téléphone de médecins russes notés sur des facturettes à l'encre pâlie ou des pages de journaux déchirées, tickets loqueteux pour aller récupérer du linge ou des chaussures ressemelées, ordonnances pour de nouvelles lunettes jamais utilisées.

Une fois en possession de cet argent volé, j'étais un homme libre, et la félicité était un bien marchand. Je ne profitais pas des grandes récréations pour aller comme mes camarades au petit magasin qui se trouvait en face de l'école, où l'on vendait du savon et de l'insecticide, mais aussi, à l'unité, des serpents en gélatine présentés dans des boîtes en plastique. J'allais directement au magasin discount du coin où j'achetais de grosses tablettes de chocolat ou une boîte de boules choco. Je m'installais sur un banc en retrait et j'avalais le tout en quelques minutes, jusqu'à avoir le gosier tout collant et une overdose de sucre. Ensuite, je retournais à l'école, je me lavais soigneusement les mains et me rinçais la bouche. Dans les heures qui suivaient, je me sentais mieux que jamais.

Ma griserie s'est évanouie le jour où Vera m'a surpris sur le banc avec mes trésors. J'ai essayé d'essuyer ma bouche barbouillée, trop pleine pour pouvoir articuler la moindre explication. À cette époque, Vera facturait encore ses services d'espionnage à ma grand-mère. Sans un mot, je lui ai tendu la moitié de la tablette de chocolat. Elle s'est assise à côté de moi, a coupé un carreau qu'elle a fait fondre sur sa langue et fourré le reste de la tablette dans la poche de son anorak.

"Tu es dégueu", a-t-elle dit, mais elle ne m'a pas dénoncé.

Peu après, Grand-Père m'a pris sur le fait avec le porte-monnaie de Grand-Mère dans la main. Le geste paniqué avec lequel j'ai fourré en hâte le porte-monnaie dans le sac m'a fait plus honte que de me faire prendre. Grand-Père a secoué la tête. Ensuite, il a mis la main dans la poche de son pantalon, en a tiré un billet de dix marks et me l'a tendu. Je l'ai pris, les doigts tremblants, et je l'ai glissé dans la ceinture de mon pantalon. Ce faisant, j'ai évité de le regarder dans les yeux. Nous étions deux criminels qui se couvraient l'un l'autre.

LA DANSEUSE

Petit à petit, j'ai compris que Grand-Mère se sentait seule. Grand-Père manquait de plus en plus souvent à l'appel, presque toujours en journée et parfois même la nuit, sans qu'il n'y ait de différence entre week-ends et jours ouvrés. Je n'avais aucune idée de ce qu'il faisait – s'il distribuait alors des prospectus publicitaires ou vendait de la drogue. Même si j'avais pu me transformer un instant en Vera et lui poser franchement la question, je n'envisageais pas une seconde qu'il me donnerait une réponse digne de ce nom.

Tous mes cours avaient lieu le matin, mais je m'inventais parfois des activités supplémentaires : par exemple, je disais faire partie d'un groupe de travail pour les élèves étrangers, où les devoirs étaient faits sous la surveillance d'un adulte. Il n'existait pas d'initiative de ce type dans notre école, mais Grand-Mère m'a tout de suite cru, et avec une certaine réticence, elle a d'abord fait l'éloge du système scolaire allemand. En vérité, je faisais mes devoirs pendant les récréations, assis sur le radiateur.

C'est aussi là que je m'installais l'après-midi pour lire les livres que proposait la bibliothèque de l'école et que je préférais ne pas rapporter à la maison parce que Grand-Mère me demandait chaque fois de lui traduire la première page afin de pouvoir contrôler la qualité littéraire de l'ouvrage.

Comme Grand-Mère avait désormais du temps à revendre, les plats longuement bouillis et soigneusement mixés ont pris le dessus. Elle préparait du chou-fleur et du brocoli au cuit-vapeur et écrasait les légumes à la fourchette comme si je n'avais pas de dents. Parfois, elle était déjà aux fourneaux avant même que je sois levé et remplissait de légumes sans sel et d'épeautre des Tupperware que je devais emporter pour mes journées d'école de plus en plus longues. Les sandwichs étaient réservés aux célibataires alcooliques, aux enfants délaissés qui rentraient seuls à la maison et aux Allemands.

Comme je déversais le contenu des boîtes dans les toilettes de l'école et me goinfrais à la place de sucreries, j'ai commencé, en plus de grandir, à m'épaissir. Et un jour, Grand-Mère a cessé de m'appeler "squelette".

"Enfin, son système digestif fonctionne", disait-elle à mon grand-père en pinçant mes plis de graisse.

Mais cela n'enlevait rien à sa solitude. Dans son désarroi, Grand-Mère s'est mise à aborder de parfaits inconnus dans la rue. Au parc, elle s'asseyait en survêtement à côté des jeunes mères et leur faisait remarquer que leurs enfants auraient dû porter un bonnet. Elle se penchait au-dessus des landaus et faisait des grimaces qui déclenchaient les pleurs des nourrissons. Elle rattrapait au vol les tétines que les petits crachaient mais refusait ensuite de les rendre au prétexte qu'elles n'étaient plus stériles. Les mères changeaient de place, et finissaient par quitter le parc pendant que ma grand-mère leur proférait encore de bons conseils en russe. Elle toquait chez les voisins pour leur demander le temps qu'il faisait à Moscou – un sujet qui ne les intéressait pas le moins du monde.

"C'est bien juif, ça, commentait Grand-Mère, frustrée. Vendre sa patrie pour une vie meilleure. Et quand ça ira moins bien pour eux en Allemagne, je te le dis, mon petit Max : ils ne regarderont même pas ce pays avec leur trou de balle, ce peuple d'ingrats !"

J'étais en train de me battre avec la portion de céleri que Grand-Mère m'avait préparée pour le goûter. Assise en face de moi, le menton posé sur ses mains ridées, elle saluait d'un hochement de tête chaque bouchée. Elle m'a demandé si, pour une fois, j'avais compris quelque chose à l'école ce jour-là. Je ne sais pas quelle mouche m'a alors piqué, mais après avoir extrait de ma bouche un fil de céleri que j'ai posé sur le rebord de l'assiette, j'ai dit : "Nina dirige la chorale, maintenant."

Je n'avais pas encore achevé ma phrase que je prenais déjà conscience de l'erreur commise. Les yeux de Grand-Mère se sont mis à briller.

"C'est-à-dire ? a-t-elle demandé.

— Je n'en sais rien, ai-je bégayé sans beaucoup de conviction.

— Imbécile, a dit Grand-Mère. Je vais appeler Vera.

— C'est un genre de club où tout le monde va chanter l'après-midi", ai-je fini par dire.

Grand-Mère se taisait. Plein d'un mauvais pressentiment, j'ai fini mes légumes et je me suis éclipsé.

Tard dans la soirée, allongé dans mon lit, j'ai entendu Grand-Mère déverser sur Grand-Père le résultat de plusieurs heures d'intense réflexion.

"Je ne suis quand même pas non plus si vieille que je ne puisse plus être utile ! Cet avorton était un ver de terre, j'en ai fait un veau, et s'il n'a pas redoublé, même en Allemagne, c'est grâce à qui ? J'ai été une bonne danseuse et j'ai d'incontestables qualités pédagogiques. Je ferai en sorte que ces petites Allemandes grassouillettes ne marchent plus comme des grenadiers, j'ai encore quelque chose à leur enseigner. N'est-ce pas, Gengis, que j'en suis capable ?"

Sa voix était implorante, et elle avait prononcé le nom de mon grand-père presque tendrement. En allant à la salle de bains, j'ai jeté un coup d'œil dans la pièce attenante pour m'assurer que personne n'avait échangé ma grand-mère contre une étrangère.

"Au lit, mille-pattes !" a-t-elle hurlé en apercevant le bout de mon nez. Rassuré, je suis retourné me coucher.

Pendant longtemps, quand on évoquait le passé de danseuse de Grand-Mère, je croyais que c'était une plaisanterie. Après tout, il lui arrivait aussi de pointer du doigt l'écran de télévision en voyant apparaître un homme politique ou un acteur célèbre et d'affirmer l'avoir déjà rencontré. Elle avait croisé Mohamed Ali pendant son séjour en Union soviétique, alors qu'il avait échappé à la cohorte de ses accompagnateurs et admirateurs et se promenait tout seul sur un boulevard ; et elle avait aussi refait le nœud de cravate tout de travers de ce chanteur qui ressemblait un peu à une femme et qui lui avait demandé son chemin. J'ai compris par la suite qu'elle parlait sans doute de David Bowie. Bref, quand Grand-Mère racontait sa carrière sur scène, je regardais généralement le bout de mes pieds, et elle me donnait une tape sur la tête.

“Comment ? Tu ne crois pas ta grand-mère ? Parce que tu t’imagines que la vieille a toujours été laide et malheureuse ?”

C’était en effet ce que je pensais, jusqu’au jour où Grand-Mère a extirpé de dessous le lit de Grand-Père la valise qui y était depuis notre arrivée, comme si nous étions toujours prêts à faire nos affaires et à reprendre la route. Il m’était interdit d’y toucher et je me demandais parfois si ma grand-mère y conservait le squelette de ma mère. Grand-Mère a ouvert la valise, elle a repoussé des étoffes mangées par les mites et ouvert la fermeture à glissière d’une poche intérieure dont elle a sorti une enveloppe. Devant moi se sont déployées comme un éventail une demi-douzaine de photos et plusieurs coupures de journaux abîmées.

“Alors, qu’est-ce que tu en dis, saint Thomas ?”

J’ai attrapé l’une des photos et l’ai examinée de près.

“Il est myope ! s’est écriée Grand-Mère. Grand-Père, regarde, il est complètement aveugle et nous n’avons rien remarqué.”

Vite, j’ai éloigné de mon nez la photo. On y voyait quatre fillettes un peu plus âgées que moi. Elles se tenaient par la taille et regardaient le photographe. Elles étaient montées sur leurs demi-pointes, ces chaussons de danse pour moi si magiques, et leurs jupes amidonnées laissaient paraître leurs jambes fuselées aux muscles finement sculptés.

“Tu m’as tout de suite reconnue, pas vrai ?” a demandé Grand-Mère.

J'ai hoché la tête alors que je ne voyais pas la moindre ressemblance avec les fillettes. L'une d'elles avait la moue boudeuse, l'autre le regard triste, la troisième un sourire aux lèvres et la quatrième riait comme si on l'avait chatouillée. J'ai observé les trois premières avec soin avant d'arriver à la quatrième. Elle avait les pommettes hautes, et devant les lignes parfaites de son cou et de sa taille, j'ai soudain eu la gorge toute sèche.

Ahuri, j'ai regardé ma grand-mère, puis la fillette. Si c'est vrai, disait une voix dans ma tête, alors tout est possible. Alors Boris Eltsine l'a vraiment invitée à boire le café. Alors il se pouvait même que d'autres récits que j'avais pris pour de purs mensonges ou au moins pour une altération de la réalité soient vrais.

"Est-ce que je peux garder la photo ?" ai-je demandé d'une voix rauque.

Grand-Mère a hoché la tête, flattée.

J'ai posé la photo devant moi et j'ai essayé de dessiner le visage de la fillette. Je ne savais pas moi-même pourquoi j'y accordais tant d'importance. Je ne me servais plus désormais de mes crayons que pour dessiner des cornes pointues ou des langues tirées sur les photos illustrant le journal russe que Grand-Mère rapportait du supermarché. Mais là, je voulais retranscrire avec la plus grande précision possible le visage photographié, comme si je pouvais ainsi permettre à la fillette d'échapper à un destin dont elle ne savait encore rien.

Du coin de l'œil, j'ai d'abord vu la veste de survêtement de Grand-Mère atterrir sur la chaise, puis son pantalon, et ma grand-mère se saucissonner alors dans une sorte de maillot de bain qu'elle avait extirpé d'un sac rangé dans la valise. Jusqu'à présent, je l'avais surtout vue en manches longues et jamais je n'avais prêté attention à ses jambes. Sous le survêtement, j'avais imaginé un corps mou et flasque. En réalité, elle ressemblait à l'une de ces haltérophiles que j'avais vues pendant des retransmissions sportives à la télé. Sous la peau ridée, les muscles palpitaient, et j'ai alors compris avec épouvante que la force de Grand-Mère n'était pas qu'une force de caractère. Si elle le voulait, elle pouvait sans peine tordre le cou de mon grand-père menu, sans parler de celui de la délicate Nina ou du mien.

Grand-Mère a fait une pirouette sur elle-même, cambré le dos, levé les bras. J'étais resté penché sur ma feuille, et quand mon regard a alors glissé sur ses pieds, j'ai failli m'étrangler. Elle se tenait sur son gros orteil.

"Ça t'en bouche un coin, hein ? a-t-elle dit avec satisfaction. Qu'est-ce que tu dessines ? Fais voir, qu'est-ce que c'est ? Un lapin ?"

J'ai levé les yeux vers elle et failli pousser un cri : je ne pouvais désormais plus m'empêcher de reconnaître dans son visage les traits de la fillette de la photo, comme si ma grand-mère l'avait avalée vivante, comme si elle était encore quelque part dans ce corps, implorant qu'on la libère.

Grand-Mère ne m'avait pas initié à ses projets. La voir devant le secrétariat de l'école m'a donc fichu une peur bleue.

Je ne l'avais pas reconnue tout de suite. Au lieu de son survêtement, elle portait une longue robe à paillettes qui reflétait la lumière du soleil. Elle avait mis son fard à paupières bleu-vert réservé aux jours de fête. Ses cheveux teints au henné n'étaient pas noués en une longue tresse comme d'habitude, mais remontés en un chignon de danseuse orné d'une rose. Elle avait une grande enveloppe dans la main.

Mon premier réflexe a été de m'enfuir à toutes jambes, mais elle m'avait déjà repéré. Je me suis approché d'elle les genoux tremblants, le regard fixé sur ses chaussures à talons hauts.

Je lui ai demandé si elle avait perdu son chemin.

"Et toi, tu t'es perdu dans tes entrailles ? a-t-elle rétorqué, et j'ai vu que ses lèvres tremblaient un peu.

— Qu'est-ce que tu fais ici ?" ai-je demandé en me dandinant d'un pied sur l'autre.

Elle n'était plus venue à l'école depuis un moment, ce dont je ne me portais pas plus mal. La sonnerie indiquant la fin de la récréation a retenti, et tous les élèves ont couru dans leur classe en faisant un gros détour autour de ma grand-mère et moi.

"Ta grand-mère va proposer ses services, a-t-elle dit. Un corps de ballet. Pour toutes les filles grassouillettes de votre école. Et tu y participeras aussi."

À ce moment-là, la porte du secrétariat s'est ouverte, et Grand-Mère s'est glissée à l'intérieur, le pas léger. Ébranlé, j'ai sorti de la poche de mon pantalon une barre aux céréales ramollie et je l'ai mise en entier dans ma bouche.

Cet après-midi-là, Grand-Mère n'est pas rentrée à la maison. Je n'avais pas de clef – pour qu'il ne puisse pas me venir à l'idée de la perdre. J'ai attendu sur le paillasson devant la porte fermée. Des voisins passaient, des nouveaux venus qui, avec des regards de pitié, me demandaient si je voulais avoir les vieux livres de leurs enfants puisqu'ils n'étaient plus censés lire qu'en allemand. Personne en revanche ne m'a proposé d'attendre à l'intérieur.

Le soir, Grand-Père est arrivé et m'a ouvert la porte. Tout aussi décontenancé que moi, il a passé l'appartement au peigne fin à la recherche d'indices sur l'endroit où se trouvait Grand-Mère. Sa valise était par terre, devant le lit de camp, le couvercle ouvert. Des certificats et des diplômes avaient glissé d'une enveloppe marron. Je me suis agenouillé et j'ai tendu la main, mais Grand-Père a tout ramassé, il a fermé la valise et il l'a repoussée sous le lit. Ses cachotteries m'ont fait passer l'envie de lui parler de la visite de Grand-Mère à l'école.

Toujours à genoux, je me suis penché encore un peu, respirant la poussière des coins trop rarement nettoyés. Cette perspective nouvelle avait de quoi me surprendre : je n'avais jamais remarqué qu'en plus de la valise, il y avait aussi sous le lit de camp des paquets et des colis. J'en ai attrapé un et l'ai attiré jusqu'à moi pour découvrir alors mon propre nom dans la case du destinataire.

"Mais c'est pour moi !"

Ma main partait déjà à l'assaut du paquet suivant.

"Remets ça à sa place."

Grand-Père avait parlé d'une voix sourde, comme s'il avait la tête dans un seau.

"Mais ils sont peut-être tous pour moi ?

— Dehors."

J'étais vexé. J'avais l'habitude de recevoir des ordres de ma grand-mère. Mon grand-père ne s'était jamais permis ce genre de choses. Sous son regard sombre, je me sentais comme un bout de pâte à modeler desséchée.

Mon estomac criait famine. L'heure de manger et d'aller me coucher était passée depuis longtemps. Tout écart par rapport au rythme quotidien habituel avait des répercussions négatives sur la santé, c'était bien connu. Grand-Père a inspecté le réfrigérateur et les armoires de la cuisine. Je l'ai regardé faire. Il ne s'était même pas lavé les mains. Si Grand-Mère ne refaisait pas rapidement surface, nous allions mourir de faim comme des gueux.

"Pâtes ou épeautre ?" a demandé Grand-Père par-dessus son épaule.

Mon estomac a encore une fois gargouillé. L'apport nutritionnel des pâtes était médiocre, seuls les adultes y avaient droit puisque, chez eux, ça ne faisait de toute façon plus de différence. Mais je ne pouvais plus voir l'épeautre en peinture.

"Pâtes", ai-je dit.

Peu après, Grand-Père a posé devant moi une assiette de spaghettis. C'était une grosse montagne fumante au sommet de laquelle trônait un énorme bout de beurre en train de fondre. Une bouteille de ketchup à la main, il l'a tenue au-dessus de mon assiette et m'a regardé d'un air interrogateur. Le ketchup m'avait toujours été interdit et j'ai hoché la tête avec enthousiasme. Grand-Père a fait gicler une grosse coulée rouge sur ma montagne de pâtes et remué le tout avec une fourchette. Je me suis jeté dessus en m'aidant de mes doigts.

Assis en face de moi, Grand-Père enroulait ses pâtes sur sa fourchette en souriant. Les mouvements économes et pourtant habiles de ses mains à la peau sombre, presque noire au bout des doigts, me fascinaient. Il y avait dans cet instant une sérénité profonde qui ramollissait quelque chose dans mon ventre, un peu comme se ramollit une barre de céréales oubliée dans une poche de pantalon.

Grand-Mère est rentrée au moment où je me brossais les dents. Il était déjà tard, et Grand-Père n'avait visiblement pas prévu de contrôler si j'avais vraiment bien nettoyé tous les interstices entre les dents. J'ai couru à la rencontre de Grand-Mère, mais elle m'a repoussé et s'est laissée tomber sur une chaise.

Son rouge à lèvres et son fard à paupières avaient coulé, lui donnant un air à la fois terriblement triste et très drôle. J'avais beau être inquiet, j'ai dû m'appliquer pour ne pas éclater de rire. Son chignon s'était défait, des mèches lui pendaient devant la figure. Elle a retiré l'une de ses chaussures à talon et l'a jetée contre le mur.

“Contrôle mes dents, Grand-Mère, ai-je dit dans l'espoir qu'une activité routinière la ferait revenir à la normale.

— Ferme ta bouche, a-t-elle dit, elles moisiront de toute façon. Laisse Grand-Mère tranquille, Maxim. Personne ne veut de la vieille. Tu entends, Gengis ? Personne. Je peux tout aussi bien m'allonger dans un cercueil, tu n'as plus qu'à clouer le couvercle.”

Grand-Père s'est approché et, lentement, il s'est agenouillé devant elle.

“J'ai eu du talent un jour, Gengis ! Tu t'en souviens ?”

Grand-Père a ôté la deuxième chaussure de Grand-Mère et l'a posée par terre avec soin. Délicatement, il lui a caressé les pieds.

“Cette gourde de directrice dit que je n'ai aucune qualification. Je ne voulais même pas d'argent de sa part, je voulais juste faire profiter l'école de mes connaissances. Ce que Nina fait, je sais le faire depuis longtemps. Trois notes de piano, franchement, la moitié de la Russie joue du piano ! Et chez les Juifs, c'est carrément du cent pour cent. L'avorton grandit, il n'a plus autant besoin de moi, j'ai dit que je pouvais commencer à enseigner. Après avoir arrêté de danser, j'ai monté des spectacles – cette directrice à la noix n'aurait même pas eu une place, tu te souviens, Gengis ? Et elle, elle m'a dit que si je m'ennuyais tellement, je n'avais qu'à vendre des gâteaux à la fête de l'Été.

— Et qu'est-ce que tu lui as répondu ? ai-je demandé, le cœur battant.

— Je me suis inscrite sur la liste, a dit Grand-Mère. Dis donc, tu ne sentirais pas le ketchup, toi ? Le ketchup, ça corrode l'œsophage."

CETTE FEMME DÉCHUE

Le jour de la fête de l'Été, Grand-Mère s'est levée à cinq heures du matin. Après sa toilette matinale, elle s'est désinfecté les mains, puis elle a mis un spray et des lingettes dans son sac. Elle a laissé à mon intention sur la table une assiette de bouillie de riz sans sel et ordonné à Grand-Père de contrôler ce que j'ingurgitais, puis de m'emmener à la fête. Grand-Père était en outre chargé de me surveiller en permanence et, au moindre signe de danger, de me jeter par-dessus la clôture de l'école. Pour ma grand-mère, les manifestations populaires présentaient les mêmes risques qu'une épidémie de grippe, mais là, elle était moralement trop affaiblie pour mener en plus cette guerre contre l'Allemagne : "Des fascistes, disait-elle, rien à en attendre."

J'aurais préféré rester seul dans l'appartement. Sous un faux prétexte, j'avais déjà fait plusieurs tentatives de regarder sous le lit de camp quand mes grands-parents étaient là, mais les paquets avaient disparu. Je me demandais même si je n'avais pas rêvé.

La cour de l'école débordait de cris d'enfants et de ballons qui volaient de tous les côtés, un brouhaha encore surpassé par les salves de joie en provenance des stands de jeux. Malgré tout, on entendait Grand-Mère déjà de loin.

"Mettez-vous dans la queue ! hurlait-elle. On ne pousse pas ! Vous êtes cent et je suis toute seule ! Toi, c'est ton quatrième morceau, ils ont les yeux où, tes parents ? Le café est trop fort à votre âge, madame, je vous mets du lait dedans. Le sucre, c'est là-bas. Pas touche au gâteau, tu n'as pas encore payé !"

Heureusement, Grand-Mère criait surtout en russe. Elle était sensationnelle : elle portait une courte robe rouge qui laissait voir ses jambes musclées, et sa tresse enroulée autour de son crâne flamboyait.

"Nina, mon soleil, a tonné la voix de Grand-Mère depuis le stand de gâteaux, et un frisson m'a parcouru l'échine. Prenez donc les trois dernières parts de crumble, vous pouvez vous le permettre avec la ligne que vous avez. Je vous offrirais volontiers le gâteau si c'était le mien, mais c'est la propriété de la communauté et..."

Grand-Mère s'est arrêtée au milieu de sa phrase, comme si on lui avait coupé le son. J'ai eu beau tendre l'oreille, elle ne disait plus rien.

Nous avons fait le chemin du retour à trois, sans un mot. J'admirais mon avant-bras couvert de tampons récoltés aux différents stands. Il faisait beau et chaud, mon tee-shirt collait à la peau de mon dos. Je savourais cette sensation étrange d'humidité s'évaporant, plaisir rare puisque Grand-Mère tentait en général d'empêcher à l'avance toute situation susceptible de me faire transpirer. Mais là, elle ne me prêtait plus aucune attention, et j'aurais pu perdre mon pantalon en chemin que Grand-Père non plus ne l'aurait sans doute pas remarqué.

Perdu dans ses pensées, il portait les restes du buffet emballés dans du papier alu. Grand-Mère tenait à la main une rose qu'on avait offerte aux volontaires en guise de remerciement et qui l'avait d'abord mise dans une excitation de petite fille, laissant ensuite bien vite place à la frustration.

"J'ai encaissé 243 roubles, a-t-elle marmonné comme si elle avait fait les gâteaux toute seule. J'ai trimé. Nina a été engrossée, tu as vu, Gengis ?"

Elle lui a attrapé le bras, le forçant à s'arrêter. J'ai vu le petit paquet métallisé lui glisser des mains et j'ai voulu le rattraper mais, au dernier moment, il a lui-même retenu le paquet, et la jointure de ses doigts a blanchi.

"Elle est vieille, a dit Grand-Mère. Elle a – quel âge elle a ? Déjà la quarantaine. Même plus. Moi aussi, je pourrais presque encore tomber enceinte à ce train-là.

— Tu n'as pas quarante ans, suis-je intervenu, la voix éraillée.

— Et il y a suffisamment de créatures malheureuses sur Terre, m'a-t-elle interrompu d'un ton sec. Il y a un père ?"

J'ai regardé Grand-Père, ne sachant pas à qui s'adressait la question.

"J'en étais sûre", a dit Grand-Mère, plus pour elle-même.

J'avais peur qu'il arrive maintenant quelque chose de terrible. La découverte de Grand-Mère m'avait pris au dépourvu. Et je partageais sa consternation, n'ayant encore jamais constaté qu'un enfant puisse être une raison de se réjouir. Mais qui sait, Nina aurait peut-être la chance d'avoir un bébé en bonne santé et bien comme il faut, pas une plaie comme moi. Aux confins de ma conscience pointait le lien que Grand-Père pouvait avoir avec tout cela, et je refusais de le laisser se préciser davantage.

"Pauvre femme, a dit Grand-Mère. La grossesse va l'enlaidir. Gengis, sois bon chrétien, apporte à cette femme déchue un sac de pommes de terre."

L'état préoccupant de Nina obsédait Grand-Mère. Un jour que Grand-Père devait se rendre sur un chantier alors que j'avais piano, elle a décidé de m'accompagner au cours. Je m'y suis opposé de mon mieux, assurant qu'en l'absence de Grand-Père, pour une fois, je pouvais faire le trajet sans être accompagné. Grand-Mère a alors raconté une affreuse histoire de sa jeunesse sur un petit garçon et un tramway. Désormais, je n'avais aucun mal à identifier de tels souvenirs comme des mensonges ; d'ailleurs, Grand-Mère s'est contredite à plusieurs reprises et, au fil de l'histoire, elle a fini par transformer en petite fille le garçon du début. Mais à ma grande surprise, cette fois-ci, il m'a été impossible de me débarrasser d'elle.

"Qu'est-ce que tu as là-dedans ?" ai-je demandé dans le tramway en montrant les deux gros sacs en plastique que Grand-Mère avait coincés entre nous pour contrarier chez les autres étrangers toute velléité de maraudage. Elle a fait un geste agacé : "Tu ne peux pas comprendre." Elle regardait par la fenêtre et commentait à voix haute les vêtements et les particularités physiques des passants. J'aurais donné n'importe quoi pour pouvoir aller m'asseoir ailleurs. Je sentais que ce qui se dessinait à l'horizon n'aurait en aucun cas dû se produire, et je songeais avec consternation à mon grand-père qui n'avait rien prévu pour ce genre de situation et me laissait seul avec ses problèmes.

Soudain, j'ai eu une idée grandiose. Le seul inconvénient, c'était qu'elle venait un peu tard.

"On ne peut pas y aller", me suis-je écrié à l'arrêt suivant. Je me suis levé d'un bond, j'ai attrapé Grand-Mère par la main et je l'ai tirée vers la porte. Elle a ramassé ses sacs en hâte, trébuché, et m'a donné les plus jolis noms d'oiseaux. J'ai fait comme si j'étais confus alors que tout exultait en moi.

"Qu'est-ce qui t'a pris ? a-t-elle demandé. Tu dois aller au petit coin ? Ici, dans les buissons ? J'ai du papier journal.

— Non, ai-je répondu, le souffle court, encore sous le choc de mon subterfuge osé. C'est que j'ai complètement oublié qu'il n'y avait pas cours aujourd'hui.

— Comment ça ?"

Les sourcils de Grand-Mère se sont rapprochés l'un de l'autre pour former un angle plat mais sans merci.

"Nina est malade.

— Évidemment qu'elle est malade ! Tu sais bien ce qu'elle a ! À son âge, une grossesse dans ces conditions, quel désastre. J'avais vingt-sept ans, une vieille primipare, et tu sais comment le médecin m'a traitée ? Comme une moins-que-rien. Pourquoi est-ce que je m'imposais pareille épreuve à mon âge, c'est ce qu'ils ont demandé, et ils ont dit que personne ne serait en bonne santé, ni la mère, ni l'enfant, que ça ne donnerait rien de bon. Mais il y a quand même eu un gentil docteur, il m'a tout de suite dit : Tu t'es bien débrouillée, Margarita, disons que tu as pris le dernier train qui passait. Et puis, il y en a pour qui ça se passe bien même à presque trente ans."

Je me suis tu, écrasé par la quantité d'informations inopportunes.

"Donne-moi l'adresse, a ordonné Grand-Mère. J'ai acheté du jus d'argousier pour Nina, il leur faut des vitamines, à elle et à son bâtard.

— Je n'ai pas l'adresse.

— Je sais que tu es un idiot, mais tu dois quand même bien connaître l'adresse.

— Je ne la connais pas."

Je pleurais presque. J'aurais fait n'importe quoi pour prouver mon idiotie, y compris me jeter par terre et me mettre à aboyer, à condition qu'elle cesse enfin de m'interroger.

"Comment as-tu fait jusqu'à présent pour y aller si tu ne sais rien de rien ?

— Mais c'est Grand-Père qui m'amenait", ai-je murmuré.

La littérature soviétique pour enfants que ma grand-mère affectionnait tant regorgeait de courageux partisans qui ne révélaient jamais leurs secrets, même sous la torture des nazis. Peu importait que la vie de leur famille soit en jeu, aucune précieuse information ne sortait de leur bouche. Je me rappelais maintenant les commentaires élogieux de ma grand-mère sur certains passages particulièrement déconcertants : "Tu vois, il y avait encore des êtres dignes, autrefois. Avec une volonté de fer. Ils n'avaient rien de morveux informes, pas comme toi."

"Quel arrêt ?" a-t-elle alors demandé, et sa silhouette est devenue celle d'un bourreau. J'ai cligné des yeux et j'ai vu Grand-Mère devant moi, les sourcils froncés sous l'effet de la colère, une trace de fard mal étalée autour des yeux.

J'ai fermé les paupières en soupirant. Je ne voulais pas être un morveux informe. Mais je ne voulais pas non plus connaître la fin cruelle des partisans.

“Une avec des arbres, ai-je dit. Et des gens qui attendent.

— Bon. Et quoi d'autre ?

— Après, c'est une rue sur la gauche. Ou la droite. On tourne encore au coin, et puis encore trois fois. L'immeuble est gris, avec des balcons.”

Ma grand-mère a craché par terre, agacée.

“Toujours aussi utile. Tant pis, je finirai bien par trouver.”

Elle n'a pas trouvé si vite. Le mensonge auquel j'avais eu recours dans l'urgence pour éviter au dernier moment un face-à-face entre Grand-Mère et Nina s'est avéré prophétique. Nina a annulé un cours après l'autre. Je ne savais pas si elle était vraiment mal en point ou si elle ne voulait plus me voir, mais je me disais qu'il devait y avoir un peu des deux.

Grand-Mère commentait chaque annulation par un hochement de tête compréhensif.

Elle parlait régulièrement avec Grand-Père de l'état déplorable dans lequel se trouvait Nina. Chaque fois, je m'attendais à ce que la bombe explose, à ce que quelque chose soit dit qui casserait définitivement notre vie en deux, en un avant et un après. Mais Grand-Père se taisait avec obstination. J'ai même fini par me demander si, en vérité, il n'était pas plus froussard que silencieux. Il ne protestait pas quand ma grand-mère le traitait de monstre sans cœur parce qu'il n'allait pas tout de suite apporter de quoi manger à Nina et s'assurer qu'elle avait tout ce qui lui fallait, de l'eau potable, des médicaments ou de la lumière électrique. Étrangement, elle n'essayait plus d'approcher Nina par son intermédiaire ou le mien, comme si elle avait sinon compris, du moins accepté notre résistance.

Un soir, alors que Grand-Père était parti travailler deux semaines sur un chantier dans la région du Harz, Grand-Mère est rentrée tard à la maison. Elle s'est affalée sur une chaise, elle a dézippé sa veste de survêtement et elle a allongé les jambes en contorsionnant les pieds avec une souplesse dont je n'aurais même pas rêvé. Je lui ai demandé si elle voulait que je lui retire ses chaussures. Elle m'a d'abord tendu un pied, puis l'autre.

"Où est-ce que tu étais, Grand-Mère ? ai-je demandé après avoir soigneusement rangé ses tennis l'une à côté de l'autre dans le couloir.

— Ta grand-mère a trimé, a-t-elle dit. Contrairement à vous autres, j'ai un cœur de chrétienne, moi. La pauvre femme est au lit, toute gonflée et le teint verdâtre, et il n'y en a pas un pour s'occuper d'elle.

— Quoi ? Qui ? ai-je demandé tandis qu'un froid glacial me transperçait la poitrine.

— À ton avis ? a dit Grand-Mère. On est comme ça, nous, les femmes. D'abord on est naïves et on fait confiance à un sale type. Et ensuite on reste seules avec nos problèmes.

— Qu'est-ce que tu as fait, Grand-Mère ? ai-je demandé d'une voix rauque.

— Le ménage ! Voilà ce que j'ai fait ! J'ai nettoyé tout son satané appartement, sur les genoux, comme un nègre. *Non, non, je vous en prie*, a imploré Grand-Mère, imitant Nina. Alors je lui ai dit : Nina, vous avez déjà une grande fille, vous ne pouvez pas vous laisser aller. Je vais vous aider, mais il faut que vous y mettiez aussi du vôtre. Quand j'étais moi-même dans votre état, je me suis fait une intraveineuse et je suis retournée travailler au théâtre. Vous ne pouvez pas vous déclarer morte avant l'heure, Nina, c'est ce que je lui ai dit. Une grossesse, ça ne dure pas éternellement, et la vie continue.

— Tu as tout nettoyé chez elle ? ai-je demandé, hébété.

— Parce que tu crois que ta grand-mère a l'habitude de faire les choses à moitié ?

— La salle de bains aussi ?"

Dans la salle de bains, il y avait la brosse à dents et le rasoir de mon grand-père.

"Dans un appartement, la salle de bains est le réservoir de germes par excellence. Si tu ne la gardes pas propre, tu peux déposer le nouveau-né dans une déchetterie, tant que tu y es.

— Et tu as aussi ouvert les placards ?

— J'aurais dû ? a demandé ma grand-mère. Oui, j'aurais dû. Bon. La prochaine fois. Tu as beau être un idiot, il t'arrive d'être doué de bon sens."

Ce soir-là, elle a paru heureuse et détendue, et elle a même fait semblant de ne pas voir que je rajoutais du sel dans ma purée de pommes de terre. Elle m'a permis d'allumer la télévision. Je me suis assis à côté d'elle sur le canapé et j'ai essayé de me concentrer sur l'intrigue du film policier, mais j'ai vite abandonné. Grand-Mère demandait à chaque scène qui était qui et qu'est-ce qu'ils venaient de dire. Quand personne ne parlait dans le film, elle faisait des commentaires sur les tenues vestimentaires et les meubles.

"On devrait éteindre et aller dormir, ai-je dit, j'ai mal à la tête.

— Ah, tu vois ! a-t-elle constaté avec un accent de triomphe. La télé, ça décompose le cerveau."

UN GARÇON

Je parvenais désormais à maintenir Grand-Mère en dehors de tout ce qui concernait ma scolarité. Je faisais disparaître les convocations aux réunions parents-professeurs et, pour ce qui nécessitait une signature du tuteur légal, je fournissais quelques pattes de mouche en cyrillique, si bien que les professeurs n'avaient aucun doute quant à l'authenticité du paraphe.

À ma grande surprise, j'ai été autorisé à passer dans le secondaire et accepté dans la même école que Vera. Encore un peu et j'aurais oublié d'informer à temps mes grands-parents de ce changement. Grand-Mère croyait toujours dur comme fer que le parcours scolaire allemand durait dix ans et que l'enseignement aux élèves des classes supérieures était dispensé dans le même bâtiment que pour le primaire, mais l'après-midi, quand les écoliers avaient terminé leur journée.

En changeant d'établissement, j'ai eu l'impression qu'une machine à remonter le temps me catapultait à l'époque de ma première année d'école. Nous faisions à nouveau partie des plus petits, je ne savais pas me repérer dans le nouveau bâtiment et, cette fois, je devais en plus deviner tout seul lequel de mes camarades en voulait à ma vie.

Vera avait dépassé le stade des bleus et des griffures, mais elle ne ratait pas une occasion de me ridiculiser, à croire que les bons moments qu'il y avait eu entre nous n'avaient jamais existé. Elle feignait d'éclater de rire chaque fois que je levais la main en classe. Quand on m'interrogeait et que je ne savais pas la réponse aussitôt, elle me soufflait n'importe quoi, et chaque fois, je me faisais avoir. Elle me traitait de gros plein de soupe et de crâne de piaf, imitait ma démarche et mon accent, et racontait à tout le monde que j'avais une grand-mère cinglée et que j'étais son portrait craché.

Je la laissais faire, convaincu que je l'avais mérité d'une manière ou d'une autre. Mais passé quelques semaines, j'ai attendu Vera après les cours et je l'ai attrapée par la manche.

“Laisse-moi tranquille, a-t-elle dit en se dégageant, comme si c'était moi qui lui rendais la vie dure.

— Ce n'est pas ma faute, ai-je dit. Tu comprends ? Je n'y peux rien.

— Tout est *uniquement* de ta faute, a-t-elle dit. Si tu n'existais pas, tout irait mieux.

— Mais ça n'a *rien* à voir avec moi ! ai-je crié.

— Peu importe, a dit Vera. De toute façon, on va déménager. Et comme ça, je n'aurais plus jamais à te revoir.

— Mais pour aller où ? ai-je demandé, consterné.

— Comme si j'allais te le dire.”

J'ai compris qu'elle n'en savait rien elle-même.

“Quand ça ?

— Dès que ma mère pourra à nouveau se lever”, a dit Vera et, en souvenir du bon vieux temps, elle m'a envoyé un coup de pied dans le tibia.

Notre téléphone ne sonnait presque jamais. Quand Grand-Père était en déplacement – et il était tout le temps en déplacement, occupé à construire gratuitement les maisons des autres, comme Grand-Mère le soulignait avec mauvaise humeur en voyant les recettes –, il n'appelait jamais. Certains matins, Grand-Mère s'interrompait au beau milieu d'une phrase et disait : "On est le combien aujourd'hui ? C'est l'anniversaire d'oncle Fiodor" ou bien : "C'est la fête de l'Armée soviétique. On devrait féliciter tous les hommes de la famille." Quand je lui demandais pourquoi elle n'appelait personne, elle réagissait au quart de tour : "Et qui paiera ces bavardages ? Toi peut-être ?"

Une ou deux fois par an, j'assistais à la même scène : le téléphone sonnait, Grand-Mère se jetait aussitôt sur l'appareil et hurlait un "Allô !" qu'elle répétait plusieurs fois avant de déclarer avec satisfaction "Eh bien voilà !" et de raccrocher. Ces coups de fil survenaient toujours au moment de mon anniversaire ou autour du Nouvel An, quand les Russes souhaitent la bonne année à toute leur famille, et cela m'angoissait tellement que je préférais ne pas poser de questions.

Cette nuit-là, quand le téléphone a émis la même sonnerie stridente que dans les films policiers que nous regardions ces derniers temps, Grand-Mère et moi avons sursauté. Dans les films, c'était toujours le signal que quelqu'un allait être assassiné. Grand-Père était déjà couché sur le lit de camp de l'autre côté de la cloison, il était rentré plus tôt qu'à son habitude.

J'ai été le premier à atteindre le téléphone.

"Allô ?" ai-je dit sur le même ton que dans les films.

Grand-Mère s'est approchée, j'ai levé les yeux et j'ai vu Grand-Père, debout dans l'encadrement de la porte, le visage anormalement pâle.

"Pourquoi tu pleures, Vera ? ai-je demandé, et Grand-Mère m'a arraché l'écouteur des mains.

— Allons, sèche tes larmes, mon petit, a-t-elle dit. J'ai bien survécu, moi, à l'époque, et ta maman a le bassin large. Qu'est-ce que tu dis ? Combien d'eau ? Du sang ? Arrête de chougner, je ne comprends rien. Mets-lui une serviette sous les cuisses. Elle est consciente ? Eh bien voilà ! Ça ne peut pas être si grave dans ce cas. Je t'envoie Grand-Père. Il va la conduire à l'hôpital. Qu'est-ce que tu pleures encore comme ça ? Mais non, écoute donc ce que je te dis, elle ne va pas mourir. Comment ça : de ma faute ? Tu es déshydratée, mon petit, et ta maman aussi sans doute, à en croire ses vagissements. Buvez quelque chose, toutes les deux. La vieille Margo va venir avec Grand-Père et te ramener chez elle. Tu peux bien dire non à ta grand-mère, mon petit, mais moi, je ne connais pas ce mot-là."

Elle a raccroché et s'est mise à tournoyer dans tout l'appartement, s'agitant pour rien. Grand-Père se tenait toujours dans l'encadrement de la porte, immobile. Je me suis demandé s'il était possible d'être mort et de rester debout.

"Tête de buse ! a crié Grand-Mère. Tu as tes clefs de voiture ? Elle accouche ! Allez, ouste !"

Par la suite, je me suis dit que Grand-Mère avait raison et que, sans elle, tout le monde serait mort. Elle était revenue avec Vera en un rien de temps. Je n'avais pas bougé de la fenêtre pendant son absence. Je n'étais encore jamais resté seul à la maison si tard. À vrai dire, je n'étais encore jamais resté seul du tout. J'avais songé à profiter de l'occasion pour fouiller les placards à la recherche des paquets disparus qui me tracassaient toujours. Mais j'avais les membres comme engourdis. Quand je me suis finalement décidé, il était trop tard.

Le regard humide, Vera s'est assise à côté de moi sur le canapé. Grand-Mère a posé le sac en plastique dans lequel elle avait fourré en vitesse les affaires de Vera. "La vieille Margo n'a encore jamais abandonné un enfant", a-t-elle déclaré, satisfaite.

Doucement, j'ai donné un petit coup de pantoufle dans le pied de Vera. "Tout va bien se passer", ai-je chuchoté. Elle n'a pas réagi.

"Tu veux que je te fasse un œuf au plat avec du ketchup, mon petit ? a demandé ma grand-mère.

— Elle est où, sa mère ? a demandé Vera d'une voix morne en pointant le doigt sur moi.

— Qu'est-ce que tu dis ?

— Elle est où, sa mère ? C'est vrai qu'elle l'a vendu ?

— Non, a répondu ma grand-mère posément. Regarde-le, tu crois vraiment que quelqu'un exigerait en plus de l'argent ?"

Vera a secoué la tête.

"Ah, tu vois.

— Mais alors elle est où, sa mère ?"

Du bout du pied, j'ai donné un coup un peu plus ferme à Vera. Qu'elle se sente mal, c'était une chose, mais ce n'était pas une raison pour entraîner les autres avec elle dans sa chute.

Les yeux de ma grand-mère ont pris un éclat menaçant.

"Tu crois à un dieu, mon petit ?"

Vera a haussé les épaules. “On est juives.

— Ça ne fait rien, ce sont des choses qui arrivent. Va dans la pièce à côté, mon petit, ou quelque part où on ne peut pas te voir, mets-toi à genoux et prie gentiment ton dieu. Peut-être qu'il te viendra en aide et se montrera clément envers ta pauvre maman. Et à l'avenir, garde ta langue de vipère dans ta poche.”

Vera s'est levée pour aller dans la pièce attenante. Un peu plus tard, je suis allé voir et je l'ai effectivement trouvée à genoux. Penchée sur le lit de camp de Grand-Père, elle marmonnait dans ses poings.

Grand-Père est rentré à la maison un peu avant le lever du soleil. Grand-Mère et Vera dormaient depuis longtemps. Vera était allongée sur un couchage de fortune que Grand-Mère avait installé à terre avec des coussins et des couvertures. J'étais réveillé, j'écoutais les ronflements sonores de Grand-Mère et, en deuxième piste son, la respiration tranquille de Vera. J'ai aussi entendu des bruits de pas dans le couloir, jusqu'à notre porte. Il y a eu plusieurs minutes de silence, et j'ai cru m'être trompé. Mais ensuite, la clef a grincé dans la serrure et Grand-Père a traversé la pièce à pas feutrés avant de disparaître dans l'obscurité de la chambre voisine. Je me suis glissé hors de mon lit et je l'ai suivi sans bruit.

Il était assis sur le lit de camp, le visage caché dans ses mains. Je me suis assis à côté de lui, persuadé que Nina ou le bébé étaient morts. Je ne savais pas ce qu'on disait dans ces cas-là. Ce qui me tourmentait le plus, c'était de savoir si Vera allait rester chez nous pour toujours, et Grand-Mère se retrouver avec deux orphelins sur les bras. Mais je n'osais pas poser la question.

Grand-Père a levé la tête.

“Va te coucher.

— Nous mourrons tous”, ai-je dit. C’est la seule consolation qui m’est venue à l’esprit.

Il m’a regardé sans comprendre. Je ne savais pas quoi lui dire de plus.

“Un garçon, a dit Grand-Père en écartant à peine les mains. Petit comme ça.”

Je n’ai compris que plusieurs secondes après qu’il ne parlait pas de moi.

MAZEL TOV

Grand-Mère n'a rien dit à personne quand, armée d'un ballon gonflé à l'hélium, d'un bouquet d'œillets et d'un gâteau, elle s'est mise en route pour l'hôpital. Et c'est avec le même équipement qu'elle est ensuite revenue, tirant derrière elle le ballon sautillant tel un enfant désobéissant qui cherchera it à s'échapper. Assis à table, Vera et moi mangions la soupe que Grand-Mère avait préparée à l'aube et laissée pour nous sur le rebord de la fenêtre.

"Tu n'as pas trouvé l'hôpital ? ai-je demandé avec une bouffée d'espoir.

— Cette bécasse n'est plus là, a dit ma grand-mère. Elle a pris la poudre d'escampette, l'insensée, et personne n'a pu la retenir.

— Parce qu'ils n'ont pas le droit", a dit Vera.

Depuis qu'elle savait que sa mère n'était pas morte, elle se souciait à nouveau de ses droits fondamentaux. La germanitude – Grand-Mère l'avait déjà souligné à plusieurs reprises – avait malheureusement déteint sur elle : Vera voulait toujours discuter, et j'avais intérêt à ne pas prendre exemple sur elle. Quant à s'intéresser à son petit frère, Vera s'en abstenait délibérément.

“N’importe quel hôpital a le droit d’enfermer une mère qui met en danger son enfant, a dit Grand-Mère. Où peut-elle bien être ? Dans un foyer pour jeunes filles déchues ? Elle a passé l’âge depuis au moins trente ans.

— Elle est peut-être chez elle”, ai-je dit, et Vera m’a envoyé sous la table le coup de pied le plus douloureux que j’aie jamais reçu.

Plus tard, quand nous avons ressassé les faits pour désigner le coupable de ce qui s’était passé ensuite, Vera m’a tenu pour responsable de tout. De l’avis de Vera, si je n’avais pas donné cette idée extravagante à Grand-Mère, notre vie aurait alors suivi son cours, sous forme de deux parallèles ne se touchant jamais, avec moi pour seul messager entre l’une et l’autre.

Mais les choses étant ce qu’elles étaient, nous sommes tous les trois montés dans le tramway. Je portais avec Vera un sac en plastique rempli de minuscules grenouillères que ma grand-mère avait choisies dans des friperies, puis lavées et repassées. Le ballon déjà dégonflé venait sans cesse se cogner contre la tête de Grand-Mère, ce qui, en d’autres circonstances, nous aurait fait rire. Mais à ce moment-là, ni Vera ni moi n’étions d’humeur. Devant Grand-Mère, nous traînions les pieds tandis que les branches des arbres, au-dessus de nous, bruissaient dans le vent, répandant un parfum fleuri et suave mâtiné d’une odeur de pourriture. Grand-Mère devait nous pousser pour nous faire avancer. Mon tibia me faisait toujours horriblement mal. J’ai lorgné du côté de Vera ; son visage avait perdu toute expression, comme si on avait éteint la lumière.

De loin déjà, nous avons vu Nina et Grand-Père. Ils étaient devant la porte de l'immeuble, et Nina, que je n'avais pas vue depuis des mois, semblait avoir grossi et minci à la fois. Elle était pâle et visiblement très fatiguée. Entre Grand-Père et elle, il y avait un gros landau couvert d'une pièce de tissu blanc. Le vent jouait avec l'étoffe et avec le ballon que Grand-Mère tenait serré dans sa main.

Grand-Mère n'a pas paru surprise de voir Grand-Père aux côtés de Nina. Elle nous a donné ses dernières instructions, à Vera et moi : "Tenez-vous à distance du bébé. N'importe quel germe peut le tuer. Et vous êtes des contaminateurs de première. Va t'allonger, a-t-elle dit sans transition à Nina. Et toi qui la retiens avec tes conversations inintéressantes ! Gengis, tu veux que son lait tourne ?"

Elle s'est penchée au-dessus du landau et a soulevé l'étoffe blanche. Avec Vera, faisant fi de ses instructions, nous nous sommes tout de suite collés à elle pour pouvoir jeter un coup d'œil dans le landau. Je n'avais encore jamais vu de nouveau-né. Comme ma grand-mère, j'étais d'avis qu'il fallait les garder enfermés dans des conditions stériles pendant plusieurs semaines.

Dans le landau, enveloppé dans un linge, il y avait l'être le plus minuscule que j'aie jamais vu. Il était si petit qu'il ne me paraissait même pas humain. Il devait venir d'un autre monde, d'un atelier extraterrestre qui, avec beaucoup de minutie, avait réalisé une copie miniature de mon grand-père.

Vera et moi étions côte à côte près du landau quand nous avons remarqué que Grand-Mère avait déjà reculé d'un pas. Vera a tendu la main et touché l'oreille du bébé, et j'ai failli lui crier de ne rien casser. Je me suis tourné vers Grand-Mère. Sans la regarder dans les yeux, je l'ai prise par la main après m'être assuré que Grand-Père avait récupéré les fleurs et le sac en plastique. Je n'avais pas pensé au ballon, et il nous a suivis, chatouillé par le vent, jusqu'à l'arrêt de tram où Grand-Mère l'a enfin lâché.

"Tu veux t'allonger, Grand-Mère ?" ai-je demandé quand nous sommes arrivés chez nous. Elle n'avait pas dit un mot de tout le trajet. J'aurais préféré qu'elle déverse le contenu de son sac à main sur ma tête et maudisse le monde entier, moi inclus. Pour l'occuper, je lui avais posé sans relâche des questions absurdes, demandant si le drapeau de l'Union soviétique tenait vraiment sa couleur rouge du sang de notre ennemi et si j'aurais un jour le droit de goûter des frites, ou encore s'il lui était arrivé de trébucher sur scène quand elle était danseuse. Grand-Mère n'avait pas réagi.

À la maison, je ne suis pas arrivé à capter son regard une seule fois non plus. J'ai déplié le canapé et, comme Grand-Mère l'avait toujours prédit, je me suis coincé le doigt, j'ai crié "Aïe !", mais là encore, cela n'a pas semblé l'intéresser. J'ai rapporté les couettes pliées, je les ai étalées sur le canapé-lit du mieux que j'ai pu, j'ai secoué les coussins. Grand-Mère était assise à table, immobile. Je lui ai apporté un verre d'eau, puis, après réflexion, un verre de vodka. Grand-Mère en gardait une bouteille au réfrigérateur parce qu'elle prêtait foi aux compresses de vodka en cas de fièvre. Pour finir, je lui ai secoué le bras.

"Laisse ta grand-mère, gamin", a-t-elle murmuré dans un souffle. J'ai regardé Grand-Mère. J'avais devant moi une vieille femme, ratatinée comme le ballon qu'elle avait acheté pour Nina.

J'ai ravalé mes larmes et j'ai allumé la télé. Même là, elle n'a rien dit.

Je partais du principe que Grand-Père ne rentrerait pas à la maison ce jour-là. Au fond, me disais-je, il n'avait même plus besoin de revenir du tout. Il n'y avait rien ici dont il puisse avoir la nécessité impérieuse. Sa brosse à dents était chez Nina. Tout comme sa copie miniature. Cette nuit, je pouvais dormir sur son lit de camp. D'un autre côté, pouvais-je vraiment laisser Grand-Mère dormir seule sur le canapé dans l'état où elle était ?

J'étais dans la cuisine quand j'ai entendu la porte de l'appartement s'ouvrir et se refermer. J'étais certain que Grand-Mère était partie se jeter dans le fleuve le plus proche. C'était toujours ce qu'elle annonçait dans les moments de désespoir : "Je n'en peux plus de vous. Où est le fleuve le plus proche ?", et peu importait alors que le fleuve le plus proche soit à trente kilomètres de là et qu'elle n'ait pas le permis de conduire. Mais quand je suis allé voir, elle n'avait pas bougé. Grand-Père était assis en face d'elle. Leurs mains posées sur la table étaient proches, mais ne se touchaient pas, et devant l'étrange paix de cette scène, mon nez s'est mis à me chatouiller. J'ai réprimé un éternuement.

"Tu sais, Gengis, a dit ma grand-mère au bout de ce qui m'a semblé être une éternité, cette adorable Maya, il ne s'écoule pas un jour sans que je pense à elle. Je sais que c'est pareil pour toi. C'est à vie. Et l'avorton, là, a-t-elle poursuivi avec un mouvement de tête dans ma direction, c'est aussi à vie. Tu ne pourras pas le laisser derrière toi et, un jour, tu seras seul avec lui. Pour moi, chaque année en vaut deux. Je suis une vieille femme, et tu es un jeune homme. Je suis désolée pour toi que tu te retrouves avec un autre rejeton, mais il a une mère, et le nôtre n'en a pas. Il n'a que nous."

Elle a fait une pause et inspiré à fond. Ensuite, elle a avancé la main par-dessus la table, elle a pris le paquet de cigarettes entamé dans la poche de mon grand-père et attrapé un briquet sur l'étagère au-dessus d'elle. Elle s'est allumé une cigarette et, plein d'une consternation délicieuse, j'ai inspiré la fumée qui m'est aussitôt parvenue, pénétrant mes poumons soi-disant atrophiés de naissance. D'aussi loin que je m'en souvienne, notre appartement avait toujours été soumis à une interdiction formelle de fumer.

"Avec nous, tu es puni, Gengis, a dit ma grand-mère. Regarde-la enfin dans les yeux, ta Margo. Je ne te retiens pas, tu es un homme libre. Tu travailles beaucoup, il n'y a rien à redire, tu es un homme d'honneur. Tu as même un fils maintenant. Ça sonne tellement bien. Un fils. Va le voir si tu veux. Et pense à la chère Maya. Elle serait peut-être encore en vie si..."

Ma grand-mère a écrasé sa cigarette dans la tasse à café.

"Mes félicitations, Gengis, a-t-elle dit après un silence. Avec toutes ces émotions, ça m'est complètement sorti de la tête. Il faut que tu m'excuses. *Mazel tov.*"

Je me suis adossé contre le mur, pris d'une fatigue soudaine. Grand-Père était assis bien droit, ses joues sombres mouillées de larmes. Comment supporter ce spectacle ? Au même moment, la toux a triomphé de ma volonté, et mes poumons ont explosé.

LE PETIT ONCLE

Ce qui m'a réveillé, ce ne sont pas les pleurs de bébé que, dans mon sommeil profond, j'avais identifiés comme faisant partie des choses qui ne me concernaient pas plus que le bruit du téléviseur dans l'appartement voisin, de l'autre côté de la cloison. Non, ce qui m'a tiré de mon sommeil, c'est le chuintement pourtant nettement moins audible de ma grand-mère. En un instant, je m'étais dressé sur mon lit. Je me suis frotté les yeux, puis je me suis laissé retomber dans les oreillers en me rappelant que, cette fois, je n'étais pas concerné. Pour des personnes extérieures, ce chuintement aurait pu sembler menaçant, mais moi, je connaissais les différentes intonations de ma grand-mère.

"Chuchuchu", faisait-elle avec constance et tendresse tout en se balançant doucement sur la chaise. Elle avait recouvert la lampe de chevet d'un foulard, ce qui atténuait effectivement la lumière mais projetait aussi des motifs effrayants au mur. Le lait glougloutait dans le biberon, le bébé soupirait. J'ai fermé les yeux.

"Bon petit, a gazouillé ma grand-mère. Allons, il ne faut pas pleurer si fort, regarde, tu as réveillé mon petit Max. Et demain, mon petit Max doit aller à l'école pour ne pas rester bête toute sa vie. Tu es un grand garçon, tu as sept mois maintenant, toi aussi tu iras bientôt à l'école et tu rapporteras les meilleures notes à la vieille Margo."

Je n'ai pas remarqué quand elle est venue se recoucher. Le bébé dormait toujours dans le carton de déménagement qui lui servait de berceau provisoire. Grand-Père n'était pas là.

"Encore sur le chantier, cette crapule, a marmonné Grand-Mère. Il accepterait n'importe quel travail pour ne pas être à la maison. Dès qu'il y a un petit dans l'histoire, la femme a moins de charme, pas vrai ?"

Quand je me demandais ce qui avait pu se passer pour que nous nous retrouvions tout d'un coup avec un bébé dans l'appartement, je ne trouvais pas d'explication valable. J'essayais de me remémorer l'époque qui avait suivi la naissance de mon oncle, et je me rappelais Grand-Père, immobile devant la fenêtre comme s'il s'attendait à voir Nina traverser la cour. En réalité, il ne voyait même pas les enfants des nouveaux venus qui jouaient dehors : il avait les yeux fermés. Je me souvenais de Grand-Mère, de son agitation grandissante, des objets qui lui échappaient des mains les uns après les autres. Une cuillère, une pomme, une assiette. Elle ne les ramassait même pas. Un jour, elle a donné une liste à Grand-Père et l'a envoyé faire les courses. Il est revenu avec des couches et des provisions.

Mes grands-parents ont porté de gros sacs jusqu'à la voiture de Grand-Père et disparu pendant plusieurs heures. Je suis resté à la maison avec le sentiment inhabituel d'avoir été oublié. À leur retour,

Grand-Mère a fait le point sur les berceaux jugés particulièrement meurtriers. Le lendemain, mes grands-parents ont chargé ensemble un gros carton dans la voiture, et Grand-Mère m'a raconté que Grand-Père avait construit un berceau sous ses instructions. Ensuite, elle a tendu sa main ouverte à Grand-Père et exigé qu'il lui donne la clef de l'appartement de Nina. Je n'ai pas vu quelle tête il faisait, mais il s'est exécuté.

Peu après, Grand-Mère est rentrée à la maison, pâle comme la mort.

“Je lui avais acheté des vitamines, a-t-elle murmuré en s'appuyant sur mon épaule. J'ai d'abord sonné, polie comme je suis, et je n'ai ouvert qu'ensuite. Il n'y avait personne. Le réfrigérateur était vide, la poubelle pleine. Et toi, gueule d'Asiate, est-ce que je ne t'avais pas dit de passer tous les jours ?! Pourquoi faut-il que tu détruises tout ? Je fais quoi maintenant ?”

J'étais partagé entre l'envie de prendre mes jambes à mon cou et l'attrait irrésistible qu'exerçait sur moi la douleur de Grand-Mère, déversée à pleine voix sur Grand-Père.

“Rita chérie, a dit Grand-Père d'une voix rauque, elle est faible, elle ne peut pas aller bien loin.

— Parce que tu crois qu'elle est où, maintenant ? Combien de filles déchues a-t-on repêchées dans le fleuve avec leur bâtard ?

— Il n'y a même pas de fleuve ici…, ai-je murmuré, mais sans parvenir à percer.

— Appelle la police !

— Et Vera était à l'école ce matin”, ai-je dit.

Cette fois, j'ai été entendu, et Grand-Mère s'est calmée sur-le-champ.

Ensuite, les choses ont été finalement assez simples : dès le lendemain, après l'école, il a suffi à Grand-Mère de suivre Vera. Nina, installée dans un hôtel bon marché du centre-ville, a crié à la face de mes grands-parents de la laisser enfin tranquille. Grand-Mère jurait que si elle ne s'était pas emparée assez vite de lui, Nina leur aurait aussi lancé le bébé à la tête.

Mes grands-parents ont payé la note d'hôtel, puis ils ont ramené Nina, Vera et le bébé dans leur appartement en leur laissant de l'argent et de la nourriture. Peu après, ils y sont retournés et ils ont pris le bébé avec eux. Allongée dans son lit, Nina n'a pas réagi.

Grand-Père, alors que ce n'était pas dans ses habitudes, a ouvert la bouche et demandé s'il ne faudrait pas aller chercher un médecin. Grand-Mère a secoué la tête. "Elle est devenue folle, tu ne vois pas ? Tu sais ce qu'ils font avec les malades mentaux ? Si on l'enferme, tu ne la verras plus jamais."

Depuis, mon petit oncle vivait chez nous et dormait dans son carton de déménagement puisqu'à en croire Grand-Mère, quand mes grands-parents avaient proposé d'emporter aussi le berceau pour l'installer au foyer, Nina s'était "comportée de manière irrationnelle". Des années plus tard, je ne comprendrais toujours pas pourquoi Nina, à ce moment-là, avait accepté qu'on emporte son fils, mais pas le berceau. Tous les jours, Grand-Mère allait récupérer du lait maternel chez Nina, et elle la grondait pour le peu d'entrain qu'elle mettait à pomper son lait. Nina était allongée, le visage tourné vers le mur. Elle restait prostrée tandis que

Grand-Mère faisait bouillir des biberons dans la cuisine et lui tenait des discours sur l'alimentation des nourrissons. "L'hygiène est la base de tout, Nina. Regardez mon petit Max. Sa flore intestinale était complètement ravagée. J'ai mis des années à le remettre sur pied." Je constatais avec étonnement que, depuis peu, ma grand-mère parlait de moi au passé accompli, comme si je n'étais plus un cas problématique, mais un être normal, désormais autorisé à vivre, manger et respirer. Nina ne réagissait pas.

Grand-Mère avait en outre toujours moins de temps à me consacrer. Les plats cuisinés et mixés spécialement pour moi étaient devenus rares. Elle était trop occupée par le bébé et par le transport des précieuses gouttes de lait à travers la ville. Désormais, elle avait pris l'habitude de ne plus jurer que d'une voix doucereuse et haut perchée.

"Comment Gengis fait-il pour supporter ça ?" m'a demandé Vera en classe. Je somnolais à demi sur mes cahiers à cause de Grand-Mère qui, une fois de plus, avait réveillé le bébé toutes les heures pour le nourrir et le rendormir ensuite au son de ses chuintements. Pendant une fraction de seconde, je me suis demandé si Vera parlait de mon grand-père ou de mon petit oncle. Je trouvais vraiment peu commode d'utiliser le même prénom pour quelqu'un de si vieux et quelqu'un de si jeune. Grand-Mère n'avait pas approuvé non plus le choix du prénom – après tout, mon grand-père n'était pas encore mort, et puis on n'était pas obligé de gâcher tout de suite la vie de cet enfant en lui donnant un prénom de petit bridé. Mais Nina avait refusé d'envisager ne serait-ce qu'une seconde la proposition de Grand-Mère – Boris. Et avec la déclaration de naissance, Nina avait mis tout le monde devant le fait accompli.

Je savourais le fait que les nouveaux problèmes de Grand-Mère n'aient rien à voir avec moi et qu'elle semble parfois oublier jusqu'à mon existence. Pour Vera, le changement était apparemment plus difficile. Ces derniers mois, elle avait tellement grandi que, même moi, je l'avais remarqué alors que je la voyais tous les jours. Tout d'un coup, ses pantalons étaient plus serrés et laissaient voir ses chevilles, ses bras dépassaient des manches, et même ses traits semblaient avoir changé : les grands yeux marron d'autrefois étaient devenus deux fentes étroites et sceptiques, et la lèvre inférieure était plus charnue et encore plus boudeuse.

"Comment Gengis fait-il pour supporter ça ? a répété Vera, et cette fois, je me suis étonné de l'aplomb avec lequel elle appelait mon grand-père par son prénom.

— Il est doué quand il s'agit de supporter", ai-je marmonné. Grand-Père était le seul à ne pas avoir changé d'un iota. Il n'y avait que les paumes de ses mains qui soient désormais plus douces, même si la peau pelait par endroits.

"On se lave les mains ! lançait Grand-Mère dès que Grand-Père rentrait d'un chantier. Attends, je t'accompagne, on ne t'a jamais appris ça comme il faut, vous n'aviez même pas de papier-toilette à l'époque. C'est tout ? Tu ne gardes pas plus longtemps le savon en main ? Plus rien ne m'étonne alors. Il te faut plus de mousse. Regarde comme le savon est noir. Et c'est avec ça que tu voulais toucher le bébé ? Avec la crasse du chantier ? Savonne encore. Tu vois, c'est déjà mieux, la mousse est grise. Encore. Maintenant, tu sèches. Donne-moi tes mains ; le pire est parti, mais sans désinfection, il y a toujours des germes.” J’entendais ensuite le pschitt du spray.

Grand-Père s’asseyait sur une chaise avec le petit Gengis. Quand il avait du temps libre, il ne restait plus allongé sur son lit de camp, mais passait des heures assis à regarder le visage de son fils.

“Il me ressemble ? ai-je demandé un après-midi où, comme mon déjeuner était encore passé à la trappe, j’avais fait cuire un œuf au plat pour moi et, dans la foulée, deux de plus pour Grand-Mère.

— N’importe quoi, a dit Grand-Mère. Il ressemble à ton grand-père.

— Mais moi aussi, je ressemble à Grand-Père. Moi aussi, tu me traites de gueule d’Asiate.

— Jamais je ne dirais une chose pareille, a dit Grand-Mère en embrassant la tête brune du bébé, puis elle a frotté discrètement l’emplacement avec un linge bouilli et murmuré : Heureusement que je n’ai pas d’herpès.

— Je ressemblais à quoi quand j’étais bébé ? ai-je demandé.

— À l’enfant le plus énervant du monde, et c’est aussi ce que tu es devenu ! a explosé ma grand-mère. Faut-il donc que je me souvienne de tout ? Est-ce que je suis le musée d’Histoire régionale ? Si la curiosité te démange à ce point, regarde dans la valise et compare toi-même.”

Elle n’a pas eu à me le dire deux fois. J’ai couru dans la pièce à côté, je me suis agenouillé devant le lit de camp et j’ai sorti la valise de dessous. Étrangement, je n’ai eu aucune difficulté à la transporter jusque dans la pièce voisine, et je m’en suis déchargé sur le canapé. L'ouverture des fermoirs n'a posé aucune difficulté non plus.

J'ai écarté les pièces de tissus épais, déposé les chaussons de danse usés avec précaution sur le sol et sorti la grosse enveloppe dans laquelle étaient conservés les photos et les diplômes. À l'intérieur, il y avait une autre enveloppe plus petite, que je n'avais jamais eu le droit de toucher parce que les négatifs avaient été perdus et que mes doigts ne savaient que détruire tout ce qu'ils touchaient.

J'ai étalé les photos devant moi comme un jeu de cartes. L'une des photos représentait, assis sur son pot, un enfant en larmes si laid qu'il ne pouvait s'agir que de moi. Sur une autre, on voyait mon grand-père en uniforme militaire, aux côtés d'une mariée que j'ai reconnue comme étant le cygne de la photo des danseuses, avec quelques années de plus. Ma grand-mère souriait au photographe, visiblement heureuse et comblée. Grand-Père était un peu plus mince qu'à présent, et sa peau plus lisse. En apparence, aucun changement notable ne s'était sinon produit pendant toutes ces décennies.

Sur un autre cliché, il tenait le petit Gengis dans ses bras. En voyant cette photo, j'ai eu un pincement au cœur parce qu'il n'y en avait pas de Grand-Père avec moi, seulement une où Grand-Mère me tenait sur une balançoire. Je devais avoir deux ou trois ans sur la photo, et je regardais autour de moi d'un air paniqué, emmitouflé dans un petit manteau de fourrure, un bonnet sur la tête et une écharpe nouée par-dessus le tout.

Parmi les photos, il y en avait une que je ne parvenais pas à identifier. On y voyait une petite fille dans l'uniforme des écoliers soviétiques et, comme elle était tout aussi jaunie que les autres photos, j'ai pensé, compte tenu des traits de la fillette, qu'il s'agissait d'une sœur de mon grand-père. Je ne savais rien de sa famille. Grand-Mère laissait régulièrement entendre que, dans son enfance, Grand-Père n'avait connu ni eau courante ni électricité, et que la main ferme de la civilisation ne s'était approchée de lui qu'en la personne salvatrice de Grand-Mère.

"Qui est-ce, Grand-Mère ? ai-je demandé.

— Chut, pas si fort ! a protesté Grand-Mère, qui berçait le petit Gengis, debout dans l'encadrement de la porte. Ce n'est rien, mon trésor, ils braillent tous comme des singes dans la forêt vierge ici. Grand-Mère est peut-être vieille, mais elle n'est pas encore sourde."

Elle s'est penchée par-dessus mon épaule et s'est figée.

"Maya, a-t-elle dit, en s'adressant non pas à moi mais à la photo.

— L'adorable Maya ?

— L'adorable Maya, a répété Grand-Mère comme un écho.

— Ah, ai-je dit. Et pourquoi est-ce que la photo de Grand-Père et du petit Gengis est déjà tellement jaune ?"

Je lui ai tendu la photo.

"Ce n'est pas le petit Gengis, imbécile. C'est encore Maya. Tous les enfants de ton grand-père se ressemblent, à croire qu'on les a copiés au carbone.

— Sans Maya, Grand-Père ne serait plus ici, ai-je dit soudain, comme si on m'avait chuchoté cette phrase à l'oreille.

— Sans Maya, aucun de nous ne serait là", a dit Grand-Mère d'une voix sans timbre.

Les mots sont passés à côté de moi sans que j'aie même envie de les retenir. Mais ensuite, comme le vent change parfois de direction, ils ont fait demi-tour et se sont enfoncés dans mon crâne.

"Sans Maya, je n'existerais pas", ai-je dit alors et, de tout mon cœur, j'aurais voulu que Grand-Mère me reprenne. Mais Grand-Mère a contemplé la photo en hochant la tête indéfiniment, comme si elle s'entretenait avec elle.

"Pourquoi est-ce que tu ne me l'as jamais dit ?" ai-je demandé tout en luttant contre la déception qui pointait en moi. Je comprenais soudain que, dans mon esprit, Maya aussi avait été une princesse blonde aux traits doux et aux mains délicates.

"Quoi ?

— Pourquoi est-ce que tu ne m'as jamais dit que Maya était ma mère ?

— Il n'est pas bien, ce garçon, tout ça c'est les hormones, s'est plainte Grand-Mère, impassible, à la petite fille de la photo. Voilà qu'il m'accuse à tour de bras, la vieille est toujours coupable, c'est bien pratique. Qu'est-ce que je lui aurais soi-disant raconté d'autre ? Qui d'autre aurait pu être sa mère ? Mary Poppins ?"

Je me suis détourné. Je ne voulais plus les voir, ni elle ni ses photos. Et puis je me demandais avec anxiété si Grand-Mère allait un jour cesser d'avoir raison. Elle avait même raison quand elle avait tort. Elle me connaissait mieux que personne et elle savait quelque chose sur ce monde que personne d'autre ne savait.

Grand-Mère refusait d'en dire plus sur Maya. Elle continuait d'affirmer qu'en parler lui briserait le cœur une bonne fois pour toutes.

“Qu’est-ce qui lui est arrivé ? ai-je quand même insisté. Qui l’a tuée ?

— Ferme ton clapet. Fais quelque chose d’utile pour te distraire. Sors, prends le tram, et va voir comment se porte Nina.

— Vas-y toi-même.

— Écoute ça, mon soleil, comment cet avorton parle de ta bonne à rien de mère. Ça ne se fait pas, même si elle ne l’a pas volé.

— Pourquoi est-ce que tu ne me le dis pas ?!”

Je commençais à perdre patience.

“Cesse de t’égosiller, mon garçon, on n’est pas dans la forêt vierge ici. Je sais, tu vas bientôt avoir les hormones qui bouillonnent, mais moi, je suis vieille et je mérite le respect. J’ai investi tant d’années de ma vie en toi, tout ça pour me retrouver devant un sale ingrat sans scrupules qui braille et tire un petit ange de son sommeil.

— Il fait bien pareil.

— Parce qu’il ne peut pas faire autrement ! Tu comprends ça, cervelle de moineau ?

— Je comprends même bien d’autres choses, ai-je dit, soudain très calme. Si tu ne peux pas le lâcher, c’est parce qu’il ressemble à Maya quand elle était bébé.”

Autour de moi, le silence effroyable qui s’est ensuivi m’a donné l’impression d’un coussin qu’on m’aurait pressé sur le visage. Le regard de ma grand-mère m’a réduit en cendres. Mais tandis que je me décomposais intérieurement, j’ai continué à la regarder en face.

“Que s’est-il passé avec Maya ? ai-je demandé. Qu’est-ce que tu lui as fait ?”

Elle a eu un sanglot et s’est détournée, son large dos me faisant face. Elle a serré le petit Gengis encore plus fort contre elle. Par-dessus son épaule, il me regardait. J'ai oublié mes inquiétudes pendant un instant, préoccupé par la question de savoir s'il était déjà en mesure de me reconnaître. J'aurais aimé ne pas entendre Grand-Mère chuchoter : “C'était Grand-Père.”

L'ÉPÉE

Quand on a sonné à la porte, j'avais les mains pleines de henné. Depuis quelque temps, j'étais habilité à aider Grand-Mère quand elle se teignait les cheveux. Au début, la regarder mélanger la poudre brune avec l'eau bouillante, ajouter un soupçon de vin rouge et recouvrir le sol de la salle de bains avec du papier journal m'avait fasciné. Elle préparait pour moi un peigne et un pinceau, s'asseyait sur un tabouret et retirait l'élastique qui retenait sa tresse.

En elle-même, cette tresse était déjà d'une longueur phénoménale et, dénoués, les cheveux de Grand-Mère étaient encore plus longs. À la lumière de la lampe de la salle de bains, ils brillaient d'un roux éclatant, avec des reflets argent au niveau des racines.

Grand-Mère démêlait sa chevelure avec un peigne à larges dents. À la naissance des cheveux, elle s'enduisait la peau de vaseline pour empêcher la teinture d'agir. J'enfilais des gants en caoutchouc, je prenais le pinceau et je m'attaquais à la chevelure épaisse, mèche après mèche.

Au début, j'ai dû supporter ses cris permanents parce qu'elle me soupçonnait de ne pas travailler assez soigneusement et de tout faire pour expédier cette tâche. Mais c'était faux : les occupations qui consistaient en une répétition infinie d'étapes simples me plaisaient. Je me sentais comme un peintre qui n'a plus que quelques touches de peinture à appliquer pour achever une œuvre parfaite. J'aimais enduire les cheveux gris de henné doré, l'odeur boueuse de cette masse brune me donnant l'impression de participer à un rituel magique.

Quand on a sonné à la porte, je venais de terminer la moitié gauche de la tête. C'était samedi, et Grand-Père était parti se promener avec le petit Gengis – il fallait bien, ce trésor, qu'il prenne l'air, et Grand-Mère le temps de se faire une beauté. J'ai retiré le gant droit et je suis allé ouvrir la porte, le pinceau toujours dans la main gauche.

La dernière fois que j'avais vu Nina, c'était peu après la naissance de Gengis. J'avais même quasiment oublié qu'à une époque, elle aussi avait vécu au foyer. Je me suis demandé comment ses yeux noisette avaient pu me paraître autrefois si chaleureux. Son regard vide et épuisé a effleuré le tablier de cuisine souillé censé protéger mes vêtements du henné. Pendant une fraction de seconde, un trouble fugace lui a donné l'air de la Nina d'avant qui, sur ordre de Grand-Mère, m'avait appris des chansons de soldats.

"Où est-il ?

— Il est sorti", ai-je dit, partant du principe qu'elle parlait de mon grand-père.

Nina a fait un pas de côté, et j'ai vu qu'elle n'était pas seule. Derrière elle, une femme qui portait un jean et un blouson en cuir, les cheveux courts teints en blond et, sur la tempe, une petite larme tatouée, a aussitôt avancé le pied pour bloquer la porte que je voulais refermer.

On m'a écarté avec une facilité vexante, et Nina, accompagnée de sa nouvelle connaissance, est entrée dans notre appartement. Miss blouson en cuir a traversé la pièce en quelques pas. Elle a montré les grenouillères de Gengis qui séchaient, lavées de frais, sur la corde à linge que Grand-Père avait tendue en travers de la pièce. Sur le plan de travail, des biberons lavés à l'eau bouillante attendaient tête en bas sur une serviette stérilisée.

De la salle de bains, Grand-Mère, qui avait déjà fait preuve d'une patience inhabituelle, a appelé : "Alors, ça vient ? On peut vraiment t'envoyer chercher la mort, toi, on ne risque rien !"

Avec un regard lourd de signification, l'intruse a pêché sur le canapé un hochet qu'elle a mis dans la main tremblante de Nina, puis elle a ouvert la porte de la salle de bains.

La vue de Grand-Mère, dont la moitié du crâne était badigeonnée d'une bouillie verdâtre, l'a laissée bouche bée. Pendant un instant, on aurait pu croire qu'elle allait s'excuser, mais ensuite elle a dit : "Où est le bébé ?"

Dépouillée de ses lunettes pour toute la durée de la teinture, Grand-Mère a cligné de ses yeux myopes. "Nous nous connaissons, très chère ?" a-t-elle demandé dans son russe le plus aimable.

L'inconnue s'est tournée vers Nina : "Qu'est-ce qu'elle dit ?

— Soyez gentille et sortez de ma salle de bains, surtout avec vos chaussures de ville, a repris Grand-Mère avant que Nina puisse ouvrir la bouche.

— Je ne peux pas laisser faire ça, Margarita Ivanovna, a dit Nina d'une voix altérée. Rendez-moi mon fils et nous nous séparons en bons termes.

— Je ne comprends pas la conversation, a glissé à voix basse miss blouson en cuir.

— Qu'est-ce qu'elle dit, la lesbienne, mon petit Max ?

— Vous ne pouvez pas faire une chose pareille, Margarita Ivanovna. Vous êtes… vous avez été mère vous-même.

— Au voleur ! Police !" a hurlé ma grand-mère.

Les voix m'accablaient. J'ai vu Nina faiblir de plus en plus ; déjà, elle prenait appui contre le mur. Au milieu du brouhaha, j'ai entendu avec soulagement la voix de mon grand-père qui venait sans doute de rentrer : "Rita chérie, il est mouillé !"

Nina, miss blouson en cuir et moi sommes sortis les uns après les autres de la salle de bains, laissant Grand-Mère sur son tabouret. Dans l'attente de la main féminine secourable, mon grand-père tenait le petit Gengis à bout de bras. Sa surprise de voir réapparaître Nina était aussi grande que le sourire béat qu'il affichait. À ce moment-là, je me suis rendu compte que je ne comprenais encore rien au monde des adultes.

"Regarde ! Maman est là, a dit Grand-Père en tendant le bébé à Nina. La voilà enfin de retour parmi nous. Je te l'avais bien dit ! Elles reviennent toujours, les mamans."

Nina a serré son fils contre elle et le petit Gengis s'est mis à protester haut et fort. Grand-Mère a surgi à son tour avec une serviette de toilette sur les épaules.

"Tu viens chez nous avec une épée ? a-t-elle dit à Nina. J'ai compris. À l'avenir, débrouille-toi toute seule. Je ne veux plus jamais vous revoir, ni toi, ni lui", a-t-elle dit, et sa voix tremblait en montrant le petit Gengis.

Jusqu'à la teinture suivante, deux semaines plus tard, elle a gardé sur le côté droit de la tête des reflets argent qui me faisaient penser à une auréole réduite de moitié.

L'ESPAGNE

Chaque fois que Grand-Père prenait un virage un peu trop serré, Vera s'affalait sur moi du mieux qu'elle pouvait. Coincé entre elle et sa mère, j'avais la peau moite et collante de sueur qui, de l'occiput, ruisselait sur ma nuque et mon dos avant d'imbiber la ceinture de mon pantalon ou de dégouliner le long de mes mollets pour imprégner goutte à goutte mes sandales.

Sous la pression du corps de Vera, je faisais mon possible pour ne pas me cogner à Nina, et je savais qu'il m'en coûterait des courbatures le lendemain. La climatisation de la vieille Polo de Grand-Père n'avait jamais fonctionné, mais Grand-Mère n'entrouvrait qu'à peine la fenêtre, et seulement pour quelques minutes, parce que le courant d'air avait déjà fait disparaître trop d'enfants et qu'à un an, Gengis, quoique génial, était un enfant délicat ; on ne pouvait quand même pas risquer de le perdre, contrairement à d'autres.

Gengis était assis sur mes genoux, à la place que Grand-Mère jugeait la plus sûre en voiture pour un enfant en bas âge. La ceinture nous serrait l'un contre l'autre et je me demandais avec angoisse si nous n'allions pas rester ainsi soudés après avoir traversé toute l'Autriche et toute la France pour rejoindre la côte espagnole. Avant de passer les postes frontières désertés, nous dissimulions Gengis sous une étoffe légère parce que les Européens, d'après Grand-Mère, pouvaient bien surgir des fourrés au dernier moment et exiger des preuves des liens de parenté. C'était à mon avis la meilleure façon d'attirer l'attention, mais personne ne m'écoutait. Dans ces moments-là, Gengis se tenait tranquille et Grand-Mère y voyait une nouvelle preuve de ce génie qu'elle acclamait.

Elle ne prêtait pas foi aux sièges auto et, sur ce point comme sur d'autres, Nina s'était avouée vaincue avec une rapidité étonnante. N'importe quelle autre répartition aurait supprimé une place dans la voiture et nous n'aurions pas pu voyager tous ensemble.

De tout le trajet, Grand-Père n'a pas dit un seul mot qui dépasse le cadre de ce qui concernait la route. Quand nous nous arrêtions sur des aires de repos, il faisait des exercices de gymnastique et prenait les œufs durs et les cornichons en saumure coupés en quatre que Grand-Mère lui tendait. De temps en temps, sur l'injonction de celle-ci, il s'asseyait à l'ombre et fermait les yeux pour faire le plein d'énergie avant de reprendre la route. Grand-Mère considérait la conduite d'un véhicule comme un travail de forçat, qui ne pouvait aller sans la reconnaissance et le repos *ad hoc*. Grand-Père était par conséquent dispensé de s'occuper du génial Gengis pendant les pauses. Nina et Grand-Mère le surveillaient à tour de rôle pour que celle qui n'était pas de garde puisse, armée d'un spray désinfectant, aller aux toilettes. Vera et moi avions pour tâche de n'embêter personne et de nous faire oublier. Contrairement à Vera, j'y parvenais sans difficulté et, finalement, nous sommes arrivés à notre hôtel.

Grand-Mère avait choisi et réservé l'hôtel d'après un prospectus trouvé dans notre boîte aux lettres. "Il est impératif que les enfants aillent à la mer, avait-elle dit à Grand-Père. Pour mon petit Max, c'est déjà trop tard, mais Gengis risque sinon le rachitisme. Son cerveau grandit encore. Tu te souviens, mon petit Max, quand tu étais petit, le traitement aux UV qu'on t'avait fait à la polyclinique pour que tes os ne ramollissent pas ? Ça n'a servi à rien. Quand il n'y a pas assez de soleil, il n'y en a pas assez, c'est tout."

Elle se prélassait désormais chaque jour dans une chaise longue, sous un grand chapeau. Contrairement à nous, elle ne craignait pas les coups de soleil et avait donc renoncé à s'enduire de crème solaire. En trois jours, elle avait pris une couleur bronze.

Pour ma part, j'avais écopé dès le premier jour de plage d'un coup de soleil cuisant sur le dos et, le lendemain, la peau avait commencé à peler. Grand-Mère, mesurant aussitôt l'ampleur des dégâts, a envoyé Grand-Père chercher du yaourt au buffet du petit-déjeuner. Il a dû y aller à deux reprises : la première fois, il avait rapporté du yaourt aux fruits. Nina et Vera se tenaient debout près de mon lit tandis que Grand-Mère étalait avec les doigts la masse fraîche sur mon dos. J'ai senti avec effroi que ses mains tremblaient.

"Tout va bien, Grand-Mère", ai-je dit. Les tremblements se sont amplifiés. Une grosse goutte de yaourt a atterri sur mon épaule, une autre encore plus grosse sur l'oreiller. Je me suis tordu le bras pour essuyer le yaourt avec le doigt et je l'ai léché.

"Ce n'est pas si grave", ai-je murmuré.

C'est Vera qui a rattrapé au vol le pot de yaourt à moitié vide que ma grand-mère a laissé échapper. Grand-Mère s'est effondrée, sanglotant et martelant de ses deux poings la moquette usée.

"Qu'est-ce que j'ai fait ! gémissait-elle, le nez sur les motifs à peine reconnaissables.

— Mais je vais bien !" me suis-je exclamé.

C'était comme si elle ne m'entendait pas. Je me suis levé d'un bond, et le yaourt a dégouliné le long de mon dos en me chatouillant. À nous tous, nous sommes parvenus à relever Grand-Mère et à l'asseoir sur le lit. Nina et moi lui tenions chacun une main parce qu'elle avait en plus entrepris de se griffer le visage.

"Mais enfin, ce n'est qu'un petit coup de soleil de rien du tout !" s'est écriée Vera.

Grand-Mère a reniflé à grand bruit. Elle s'est levée, elle est allée d'un pas chancelant jusqu'à la salle de bains et elle s'est recoiffée. Vera, qui respirait avec difficulté, s'est assise à côté de moi. Voyant qu'elle était dépassée par la scène, j'ai passé mon bras autour de ses épaules. Elle s'est rapprochée, elle a blotti sa tête dans le creux de mon cou, et nous nous sommes retrouvés tous les deux couverts de yaourt. Nina nous a regardés en secouant la tête.

Je m'attendais à ce que Grand-Mère me talonne désormais sans relâche avec le tube de crème solaire, mais je m'étais trompé : elle se contentait de me rappeler mollement de rester à l'ombre et de garder mon tee-shirt. Elle passait la plupart de son temps allongée dans la chaise longue à côté de Nina. De loin, on pouvait penser qu'elles étaient en pleine conversation, mais je n'y croyais pas. Nina donnait l'impression que quelqu'un avait aspiré toute la chaleur et la légèreté qui l'habitaient autrefois, et sans savoir pourquoi, je craignais que ce soit moi le responsable. Je préférais ne pas me rappeler le jour où, des semaines après avoir récupéré Gengis et plongé Grand-Mère dans le désarroi, elle s'était trouvée à nouveau à notre porte, en larmes. Et bien sûr, c'était moi qui avais ouvert. Des mois après, je ne pouvais pas m'empêcher de penser qu'à ce moment-là, si seulement j'avais pu trouver les mots justes, j'aurais eu le pouvoir de faire changer les choses, mais Grand-Mère s'était soudain dressée derrière moi et avait tendu les bras pour prendre le petit Gengis. Je me demandais pourquoi il fallait toujours que l'une d'elles soit malheureuse précisément au moment où l'autre avait un peu plus d'allant.

Pour Grand-Mère, les semaines qui venaient de s'écouler semblaient avoir été agréables.

“Surtout pas de jardin d'enfants, Nina, expliquait-elle doctement depuis sa chaise longue, jambes croisées. Notre petit est-il orphelin ? Margo est là, elle va s'occuper de tout. Et s'il m'est arrivé de dire par le passé que le diable pouvait bien vous emporter, vous découper en morceaux et vous rôtir à petit feu, ça a toujours été affectueusement, bien sûr.”

Je n'entendais pas les réponses de Nina ; en général, elle s'accrochait au livre qu'elle lisait.

J'ai proposé à Vera de construire un château de sable pour Gengis. Elle m'a suivi à contrecœur. Nous nous sommes éloignés juste assez pour que

Grand-Mère puisse encore nous voir, mais que nous ne soyons plus obligés de l'entendre.

"Ce qu'on s'ennuie, a dit Vera tandis que j'améliorais les douves du château. Pourquoi est-ce qu'il faut qu'on reste ici, nous ? Elles ne peuvent pas s'occuper toutes seules d'un petit, les deux vieilles ?

— Je ne sais pas.

— Sans compter qu'il y a aussi ton grand-père."

Un peu à l'écart, Grand-Père, assis sous un palmier, lisait le journal. Ou, allongé sous un palmier, il dormait.

"Laisse-le, va, ai-je dit.

— Tu seras aussi comme ça, plus tard ?" a demandé Vera.

J'ai haussé les épaules et j'ai retiré mon tee-shirt. Vera s'est approchée.

"Ça a déjà meilleure tête, ton coup de soleil.

— Ma grand-mère sait y faire pour les urgences.

— Pourquoi est-ce que tu ne te défends jamais ? Contre personne ?

— Je ne ferais plus que ça."

Au buffet du petit-déjeuner, Grand-Mère examinait d'un œil critique les assiettes des autres clients de l'hôtel, évaluant le choix et la quantité. Une fois, elle a poursuivi un touriste français dans toute la salle pour lui demander s'il avait vraiment besoin de cinq tranches de pastèque et si ses enfants à elle devaient mourir de faim à cause de lui. Elle l'a traité de fasciste et elle est revenue s'asseoir à notre table avec l'assiette qu'elle lui avait confisquée.

"N'y touchez pas, a-t-elle dit. Il y a ses miasmes dessus.

— Mais pourquoi est-ce que tu la lui as prise alors ? ai-je demandé.

— Par équité, mon petit Max."

À partir de là, Vera et moi avons fait de notre mieux pour échapper au petit-déjeuner commun. Tandis que Vera ignorait purement et simplement les consignes de ma grand-mère, j'ai prétendu que le buffet me donnait des maux de ventre. Grand-Mère a hoché la tête avec satisfaction et, dès lors, elle m'a préparé chaque matin une bouillie d'avoine à l'aide d'un thermoplongeur trempé dans un verre à dents. Le plus souvent, avant d'aller à la plage, je parvenais à me glisser dans la salle du petit-déjeuner et à engloutir en catimini quelques parts de gâteaux qui n'avaient pas trouvé preneur. Et comme tout le monde, à part Nina, avait l'air de bonne humeur, j'ai savouré ces dix jours à la mer, nonobstant la bouillie d'avoine.

C'est précisément le jour du départ que Grand-Mère a dormi trop tard. Quand je me suis levé, elle ronflait encore dans le lit double que je partageais avec elle alors que Grand-Père avait hérité du lit d'appoint où je ne l'avais cependant jamais vu dormir. Cette fois encore, il n'était déjà plus là, faisant soi-disant de longues promenades sur la plage ou prenant le thé au bar. Pour que Grand-Mère puisse mieux respirer, j'ai écarté sa tresse qui lui couvrait le visage. Puis j'ai sauté dans mon pantalon et je suis descendu en courant dans la salle du petit-déjeuner, flairant la dernière opportunité que j'avais de prendre un petit-déjeuner sans être dérangé par Grand-Mère.

J'ai été content de trouver Grand-Père et Vera à notre table. Grand-Père avait installé Gengis sur ses genoux et lui donnait des cornflakes. Je me suis assis à côté de lui.

“Ma mère dit que dans votre culture beaucoup d'hommes ont plusieurs femmes”, a dit Vera, la bouche pleine et sans un regard pour moi. Apparemment, la conversation avait déjà commencé depuis un moment.

Grand-Père a bu une gorgée de thé. Le sachet était encore dans la tasse. Je n'avais d'yeux que pour ça, obnubilé par l'envie de le retirer, ainsi que Grand-Mère l'aurait fait sur-le-champ. Contrairement à Vera, je savais qu'elle n'obtiendrait pas de réponse à sa question. Cette fois, je trouvais même que c'était dommage. Je ne connaissais rien à la culture de mon grand-père et je commençais à penser que j'étais passé à côté de quelque chose d'important.

“Où est Nina ? ai-je demandé.

— Maman et Margarita Ivanovna se sont saoulées hier, a dit Vera comme si de rien n'était, tout en guettant pourtant ma réaction.

— Très drôle, ai-je dit.

— Je ne plaisante pas. Elles étaient ensemble au bar de l'hôtel. Maman ne tenait plus debout quand elle est rentrée et la nuit était déjà presque finie.

— Ne parle pas comme ça de ta mère”, a dit Grand-Père.

Vera s'est étranglée avec son cacao et a été prise d'une quinte de toux.

C'est là que Grand-Mère a surgi et donné à Vera de grandes tapes dans le dos, entre les omoplates. Elle avait sans doute refait sa tresse avant de descendre, ce qui ne l'empêchait pas d'avoir l'air mal peignée et la mine défaite, et en même temps, elle paraissait d'une humeur délicieuse. “Pousse-toi un peu, ma fille. Épargne-moi tes regards venimeux, je ne les vois même pas. Gengis, écoute ça. Elle dit que je dois ouvrir une école de danse. À mon âge ! C'est de la folie, non ? Qu'est-ce qu'elle a dans la tête ?

— Quoi ? Qui ça ? avons-nous demandé tous les deux, Vera et moi, tandis que Grand-Père se levait pour aller chercher un verre de jus d'orange à Grand-Mère.

— Ça ne tient pas debout, pas vrai, Gengis ? a repris Grand-Mère, en attrapant par la manche Grand-Père dont elle essayait de capter le regard. Les Allemands ont-ils la moindre idée de ce qu'est la beauté ? L'élégance ? Je ne crois pas."

Grand-Père a posé le jus d'orange devant elle. Il avait l'air d'être en train de résoudre de tête une équation compliquée.

"Où est ma mère ? a demandé Vera.

— Comment je le saurais ? Elle ne sait pas boire, ma fille. Je me demande pourquoi elle le fait quand même. Mon petit Max, monte dans la chambre et fais ta valise, je ne suis pas ton esclave. Emmène ce rayon de soleil avec toi et lave-lui sa jolie petite bouche. Nous partons dans une heure."

Sur le chemin du retour, Nina, le teint verdâtre, a demandé trois fois à Grand-Père de s'arrêter. Elle n'a pas pu aller jusqu'aux toilettes et a vomi deux fois dans les buissons, une fois sur le bas-côté. Sans un mot, Grand-Mère lui tendait alors des lingettes désinfectantes et un thermos rempli d'eau chaude. Grand-Père regardait au loin, sans doute pour ne pas mettre Nina dans l'embarras.

"Parfois, j'ai l'impression que ma mère est mariée à ta grand-mère, m'a glissé Vera à l'oreille.

— Impossible, tu sais bien qu'elles se détestent", ai-je dit, comme si c'était un critère décisif en matière de mariage.

NE PARLE PAS AUX INCONNUS ROUX

De retour chez nous, Grand-Mère a soudain repris ses mises en garde contre des inconnus qui pourraient m'aborder dans la rue. Il s'agissait tour à tour de Tziganes ou de pédérastes américains, parfois de marchands d'organes chinois, en tout cas ça finissait toujours mal.

Pourtant, il m'avait semblé que Grand-Mère, contre son gré, avait commencé à se détendre. Quand un homme au faciès méridional avait recueilli dans la rue un petit voisin qui s'était perdu et l'avait ramené en pleine santé au foyer, elle s'était étonnée. Un autre, dont le visage trahissait aussi son appartenance à une ethnie de brutes, avait fait des pieds et des mains pour rapporter à Grand-Mère le porte-monnaie qu'elle avait laissé traîner en faisant ses courses et dont elle avait juré qu'on le lui avait perfidement volé. Il n'avait voulu ni d'une récompense ni d'une boîte de chocolats, et Grand-Mère avait mis des jours à s'en remettre.

“C'était un Arabe, et pourtant il était correct.”

À cette époque, elle avait cessé de mettre chaque soir la chaîne à la porte de l'appartement.

Quand les mises en garde ont soudain recommencé, j'ai essayé de jouer la carte de l'imbécile : “Et si l'étranger me demande sa route ?

— Passe ton chemin ! Surtout s'il connaît ton nom.

— Comment un étranger peut-il connaître mon nom ?

— Qu'est-ce que j'en sais ?"

En dépit d'un entraînement de haut niveau, elle ne savait toujours pas mentir.

"Et si c'est une femme ?

— Ce ne sera pas une femme. Surtout pas pour toi. En tout cas, tu passes ton chemin, c'est tout.

— Mais elle pensera que je suis bizarre.

— Elle le pensera de toute façon.

— Et si elle dit que j'ai hérité d'un million ?"

L'expression de Grand-Mère m'a déconcerté. J'avais fini par oublier ce que c'était quand elle se faisait du souci pour moi.

"À quoi pourrait-il ressembler, cet étranger auquel je ne dois pas répondre ?" ai-je demandé, conciliant.

Elle a évité mon regard. "Mais enfin, je ne sais pas à quoi il ressemble maintenant !

— *Maintenant ?* Et à quoi est-ce qu'il ressemblait avant ? Ce bonhomme ?

— J'ai oublié.

— Tu n'oublies jamais rien.

— Les cheveux roux, a dit ma grand-mère, résignée. Un nez. Des lunettes. Laid comme un pou. Laisse-moi tranquille, je n'en sais vraiment pas plus."

GRASSOUILLETTES EN TUTUS

Le téléphone n'arrêtait plus de sonner chez nous. L'époque où nous sursautions à chaque appel était révolue depuis longtemps. L'appareil se trouvait sur la table de nuit, près du canapé, pour que Grand-Mère puisse décrocher en tendant simplement la main.

"Quel âge ? demandait-elle à son interlocuteur. Trois ans ? Elle va pleurer. Quatre ? Elle va pleurer aussi. Vous pouvez venir, la première heure est gratuite. Le contrat est d'un an. Non, pas de résiliation possible. Si ce sont les conditions de l'école de danse allemande, vous n'avez qu'à y inscrire votre fille. Toutes les Turques grassouillettes en tutus roses y sont déjà. C'est vous qui voyez. Et ma mise en garde est gratuite. Chez moi, c'est trois fois par semaine. Oui, à quatre ans déjà. Celles qui ne viendront pas régulièrement ne pourront pas prétendre au rôle dans *Casse-Noisette*. Et après, vous me ferez le plaisir de consoler votre enfant vous-même."

À peine étions-nous rentrés d'Espagne qu'elle avait déjà repéré un local commercial à côté du nouveau supermarché russe. Un primeur qui venait de faire faillite. Grand-Mère a retrouvé le propriétaire et fixé le prix. Grand-Père a rénové le lieu suivant les instructions données : le parquet, les miroirs, la barre. Les murs ont été peints en rouge bordeaux. Ensuite, Grand-Mère a récusé la couleur, qualifiée de "rouge putain", et a tout fait repeindre en vert tilleul. Pour finir, nous en sommes arrivés à une teinte sang de bœuf, qui ne me semblait pas bien différente du rouge putain. Grand-Père avait emmené deux ouvriers à qui il donnait des instructions dans une langue que je ne connaissais pas. C'étaient des hommes de petite taille qui ne vous regardaient pas en face. Leurs salopettes tachées flottaient sur leurs corps malingres.

"Qui sont ces gens ? ai-je demandé.

— Des esclaves, a dit ma grand-mère.

— Tu plaisantes, n'est-ce pas ? Il les paie, non ?

— Je suis une femme, je ne suis pas obligée de tout savoir", a dit Grand-Mère.

C'était la première fois que je voyais des gens prendre leurs instructions auprès de mon grand-père. Jusqu'à présent, je ne l'avais connu qu'à la fin de la chaîne de commandement. Au sommet de notre pyramide familiale trônait le petit Gengis – sur les épaules de Grand-Mère. Je constatais avec étonnement que ces hommes-là du moins craignaient mon grand-père. Dès qu'il ouvrait la bouche, ils l'écoutaient, la mine concentrée, et opinaient de la tête avec zèle.

"Tu les frappes ?" ai-je demandé pendant une pause, alors que Grand-Mère, qui avait apporté de la *solianka* et des assiettes en plastique, vantait en vain aux ouvriers l'utilisation de lingettes pour se nettoyer les mains.

Grand-Père m'a regardé, les yeux graves.

"Je n'ai pas besoin.

— Tu les as d'où ?
— J'ai une entreprise.
— Ça veut dire que tu as encore plus de gens ?
— J'ai une entreprise.
— Depuis combien de temps déjà ?
— Qui en sait peu dort mieux", est intervenue Grand-Mère. Et elle a mis dans la main non lavée de chaque ouvrier une tranche de pain noir. Depuis qu'elle était occupée avec l'école de danse, les traits de son visage laissaient de plus en plus souvent deviner la petite fille de la photo que j'avais conservée autrefois sous mon oreiller. Entretemps, je l'avais cachée dans mon dictionnaire allemand-anglais et je ne la regardais plus que rarement.

Grand-Mère souriait davantage, et ce n'était plus le rictus qui avait auparavant incité les gens à changer de trottoir. Elle n'appelait plus Grand-Père "vieux croulant" ni "pépé", mais disait avec respect "le père", et j'avais le sentiment que nous étions revenus à une époque que je ne pouvais même pas avoir connue.

"Regarde-le un peu, le père, comme il fait travailler ses hommes", disait-elle avec admiration. Ou : "Tiens, le père, je t'ai épluché une pomme, pour les vitamines."

À l'inauguration, elle faisait figure de tout-en-un : propriétaire, directrice, comptable et professeur de danse. Elle m'avait fait écrire un texte et prendre une photo d'elle à la barre. Après l'école, Vera et moi faisions le tour du quartier pour distribuer des prospectus dans les boîtes aux lettres du voisinage. Étrangement, les inscriptions de petites filles nées de parents émigrés russes étaient déjà montées en flèche avant que le journal local gratuit n'imprime presque intégralement mon texte sur la fabuleuse carrière de danseuse de Grand-Mère, surmonté du titre : *Une star des ballets russes apporte la grâce dans les quartiers sensibles*. Grand-Mère a fait encadrer l'article et l'a accroché au mur de son minuscule bureau.

En été s'est installée au foyer une jeune femme prénommée Anastassia, toute en tendons et muscles fins, qui a posé sa candidature auprès de ma grand-mère tout à fait officiellement, curriculum vitæ et copies des diplômes à l'appui. Ma grand-mère l'a engagée comme professeur de danse. À partir de là, je me suis mis à fréquenter plus volontiers l'école de danse, ce qui flattait Grand-Mère, persuadée que les errements d'une puberté bien trop précoce m'incitaient à rechercher sa compagnie.

Je buvais le thé du thermos de Grand-Mère et je regardais Anastassia donner ses cours tandis que les parents et grands-parents d'Europe de l'Est séchaient les larmes de leur progéniture avant de les renvoyer dans la salle aux miroirs. Le thé était inhabituellement fort au goût comme à l'odeur, et une fois le thermos vidé, je ne pouvais plus marcher droit. Pendant le cours, Grand-Mère sortait de son bureau, cigarette aux lèvres, et allait se promener dans les vestiaires où elle saluait les parents d'un signe de tête.

"Chez vous, il y a encore de l'espoir", disait-elle. Ou encore : "Que voulez-vous, je ne peux pas faire des miracles." Et parfois aussi : "Vous voyez mon petit-fils là-bas ? Je l'ai requinqué, les premières années je l'ai porté à bout de bras, je lui ai donné la becquée, je l'ai protégé de toute impureté. Et vous voyez ce maintien qu'il a ? J'aurais dû lui faire faire de la danse. De toute façon, il est homosexuel."

L'un de ces après-midi, je faisais mes devoirs dans le bureau de Grand-Mère, coincé entre une table, un portemanteau et une plaque électrique. Anastassia en était presque à la fin de son cours et enseignait aux enfants de cinq ans à s'incliner avec élégance. On a frappé, un homme est entré et il s'est planté devant le bureau de Grand-Mère.

"La patronne n'est pas là, ai-je dit tout en regardant ce qui se passait dans la salle de répétition, derrière lui. Vous voulez un formulaire d'inscription ? Quel âge a votre fille ?

— Je ne suis pas là pour ma fille", a dit l'homme.

J'ai pointé mon crayon en direction de la salle, dans son dos.

"Dans le groupe d'Anastassia, il y a aussi deux garçons. Si une fille se moque d'eux, elle se fait tout de suite sonner les cloches. Et je peux vous assurer qu'ici, on veille encore sur l'honneur du mâle puisque tout garçon est aussi un futur défenseur de la patrie."

Je ne savais pas moi-même pourquoi je répétais mot pour mot les paroles d'Anastassia – peut-être parce qu'elle m'avait brièvement souri l'instant d'avant. J'avais bu trop de thé, et ma langue me semblait anormalement épaisse et inerte. L'homme m'a regardé comme si j'étais fou.

"Je suis Philipp", a-t-il dit. Il parlait le russe avec une mélodie étrange, comme s'il avait perdu l'habitude depuis longtemps.

"Et moi Max, ai-je dit.

— Je sais", a-t-il dit.

J'ai été pris d'un hoquet et, non sans peine, j'ai réussi à dire que j'avais besoin d'air. Je suis sorti du bureau en titubant, je me suis appuyé contre un platane et j'ai essayé d'éliminer dans de longues expirations le thé de Grand-Mère qui semblait m'emplir des pieds à la tête. L'homme, qui m'avait suivi, est resté planté à côté de moi, visiblement dépassé par la situation. Quand j'ai tangué, il a fait mine de vouloir me rattraper.

Je l'ai regardé et j'ai su que c'était lui, l'homme contre lequel Grand-Mère m'avait toujours mis en garde. Sa chemise repassée avait des taches de sueur sous les bras, comme celles que je sentais aussi sur mon dos – il faisait inhabituellement chaud ce jour-là.

Tandis que je fixais sa chevelure constellée de mèches grises, ma langue lourde a demandé sans me concerter : "C'est vous, le Juif roux ?

— Je l'ai été, a-t-il dit en s'efforçant de dissimuler le trouble qu'il éprouvait à ma vue. On peut boire un café quelque part, par ici ?"

Les jambes tremblantes, je l'ai guidé jusqu'à la zone piétonne où deux glaciers concurrents avaient installé leurs tables sur le trottoir. Soulagé, je me suis laissé tomber dans un fauteuil en osier près d'une petite table. Il s'est assis en face de moi, la paupière palpitante, et cela a éveillé en moi un souvenir lointain que j'avais toujours pris pour un rêve.

"C'est sympathique, ici", a dit l'homme. J'ai hoché la tête. Le reste de notre quartier était un amas de tours et de lotissements, le coin n'avait pas bonne réputation à cause de tous les Russes. Je me suis calé contre le dossier et j'ai fermé les yeux pour atténuer mon étourdissement :

"Tu veux une glace ?" a demandé l'homme.

J'ai secoué la tête et je me suis senti encore plus mal.

"Tu m'attendais ?"

J'ai haussé les épaules.

"C'est grâce au nom de famille de ta grand-mère que j'ai trouvé l'école de danse, a-t-il dit. Elle a menacé de me faire assassiner par son mari. Elle a dit qu'il avait une entreprise maintenant."

J'ai senti mes lèvres s'étirer dans un sourire.

"Tu me ferais une grande faveur en ouvrant les yeux."

J'ai soupiré. Même les yeux ouverts, je n'y voyais quasiment rien, des moucherons multicolores virevoltaient entre le reste du monde et moi, et les contours de l'homme étaient flous.

"Comment vous vous appelez en fait ?" ai-je demandé.

Il a fouillé frénétiquement dans sa poche de poitrine pour en tirer une carte de visite qu'il a posée devant moi sur la table. "Philipp", a-t-il répété et je me suis rappelé qu'il me l'avait dit avant. Sa paupière palpitante m'insupportait.

"Qu'est-ce que vous voulez ? ai-je demandé.

— Je ne sais pas, a-t-il dit. Peut-être que tu arrêtes de me vouvoyer. Qu'est-ce que tu veux, *toi* ?

— Vous pouvez me léguer un million ?

— Qu'est-ce que tu veux faire avec un million ?"

Je me suis gratté la nuque.

"Acheter une maison à ma grand-mère. L'école de danse, elle l'a déjà."

J'ai savouré l'expression déconcertée de son visage. Puis je me suis levé et je me suis éloigné en titubant.

CASSE-NOISETTE

Je n'ai rien raconté à personne. Grand-Mère était tellement heureuse. Elle le disait elle-même : "Je suis tellement heureuse, mon petit Max. Je me demande bien ce que j'ai fait pour mériter ça. Regarde-toi par exemple. Personne ne pourrait penser qu'il y a quelques années à peine, tu n'étais encore rien d'autre qu'une anomalie. Imagine ça : un jour, des gens te croisent dans la rue, des gens qui te connaissent d'avant, et ils se disent : « Il est complètement normal, ce garçon. » Même en rêve, je n'aurais jamais osé espérer ça." Et sous le coup de l'émotion, son œil gauche s'est rempli de larmes.

Comme aucune réaction ne venait de ma part, elle a poursuivi : "Mais mon plus grand bonheur, c'est cet enfant merveilleux. Je n'ai encore jamais vu une chose pareille. Je le regarde et je me dis : j'ai été embrassée par Dieu en personne. Je ne crois pas en Dieu. Mais qu'il me donne encore un tel enfant, je ne m'y attendais pas."

À présent, c'était son œil droit qui débordait. Elle a reniflé bruyamment et s'est essuyé le visage.

"Tu vois, mon petit Max, j'ai tout. J'ai des enfants. J'ai un mari qui me respecte. Il m'a mis sur pied une école de danse, et j'ai la chance d'offrir à l'Allemagne un peu de beauté et de bon goût. Que peut-on vouloir de plus ?"

Je n'en savais rien non plus.

"J'ai même un piano", a dit Grand-Mère avec la voix du triomphe.

Elle l'avait trouvé par une petite annonce publiée dans le journal, sous la rubrique "à donner". Les hommes en salopettes à la peau sombre l'avaient livré en camionnette et transporté avec leurs mains sales jusque dans un coin de la salle de danse.

"Que faire ? Des animaux… a dit Grand-Mère en s'adressant à moi. Qu'est-ce que tu penses de cet instrument, mon petit Max ?"

Après en avoir fait le tour, je l'ai caressé avec précaution, non sans m'être assuré que j'avais les mains propres. Il était d'une étrange teinte jaune pâle. Les touches étaient recouvertes d'un morceau de feutre mangé aux mites, et il ne pouvait pas être plus désaccordé. C'est aussi ce qu'a dit Nina quand Grand-Mère lui a présenté sa trouvaille.

"Maintenant, nous avons de la vraie musique pour *Casse-Noisette*, a dit Grand-Mère qui, en sa toute nouvelle qualité de propriétaire d'un piano, semblait avoir grandi de quelques centimètres.

— Et qui est censé en jouer ? a demandé Nina.

— Eh bien, mon petit Max, là."

Je me suis à moitié étranglé. "Moi ? Pas possible.

— À quoi bon ces cours que tu as pris pendant tout ce temps ? Et chez qui ? a tonné Grand-Mère.

— Il n'avait qu'un synthétiseur cassé pour s'exercer. Comment aurais-je pu le faire travailler correctement ?"

Grand-Mère a laissé échapper un soupir théâtral. "Dans ce cas, la vieille Margo n'aura plus qu'à payer quelqu'un pour jouer alors que la famille regorge de musiciens."

Cette année-là, Grand-Mère a eu droit, selon ses propres termes, au plus beau Noël de sa vie. "Maintenant que nous avons un enfant, nous devons nous intégrer, a-t-elle dit.

— Parce que moi, ai-je demandé, j'étais quoi pendant tout ce temps – un caniche ?"

Elle m'a regardé avec compassion. "Qu'est-ce qui t'arrive ? Les Allemands sont fous de Noël. Ça va te plaire !"

Ma connaissance des Noëls allemands se nourrissait principalement des bandes dessinées et de la télévision. Chaque année, Noël me prenait par surprise. À l'école, j'étais dépassé par la situation quand la classe organisait un tirage au sort des cadeaux, chaque élève apportant un petit présent qui serait remis anonymement à un camarade désigné. Je ne parvenais jamais à m'en tenir à la limite de prix fixée et je me donnais vraiment du mal pour trouver un cadeau adapté : une chaîne ou un joli bracelet dont la destinataire – je tombais toujours sur des filles – riait chaque fois avec mépris. Pour ma part, je n'avais jamais rien eu d'autre en cadeau que du savon ou une bougie. Chaque année, Noël et ses clignotements passaient à côté de moi sans laisser de trace. J'aimais en revanche les journées calmes qui suivaient, quand les magasins fermaient enfin. Dans la cuisine s'entassaient les pères Noël en chocolat soldés que Grand-Mère rapportait par brassées entre Noël et le Jour de l'an et qui, les premières années, m'étaient interdits. Soudain, je me suis souvenu qu'à l'époque déjà, Grand-Père, de temps à autre, m'en glissait en cachette un morceau.

J'ai partagé mon savoir – surtout théorique – avec Grand-Mère. Elle trouvait risible l'idée de confectionner quantité de petits fours différents, mais elle avait déjà goûté une brioche de Noël qui, si elle ne l'avait pas trouvée bonne, lui avait néanmoins inspiré du respect. Apprendre que beaucoup d'Allemands se rendaient à l'église, au moins pour la veillée de Noël, l'a contrariée et, avec une pointe de mauvaise conscience, elle a demandé s'il n'y avait pas une messe de Noël à la synagogue, où elle n'était plus allée depuis longtemps.

Pour les cadeaux, en revanche, elle connaissait la coutume, semblable à celle du Nouvel An russe. Généralement, juste avant la Saint-Sylvestre, nous récupérions à cet effet un sapin dans la rue, avec un peu de chance encore orné de quelques cheveux d'ange, et nous célébrions la nouvelle année avec de la salade de betteraves et des cierges magiques. Je ne voyais pas pourquoi il fallait soudain tout changer, mais Grand-Mère semblait décidée.

"Enfin, le père, tu vas quand même finir par apporter un arbre !" s'est-elle exclamée dès le début du mois de décembre, résolue cette fois à imiter les Allemands en toute chose. Nina a contribué à l'ensemble avec de vieilles décorations soviétiques, aussi belles et fragiles qu'elle l'était elle-même. Les répétitions pour *Casse-Noisette* se sont intensifiées, et il y a eu dans la salle de danse de premiers cas d'évanouissements dus à l'épuisement ainsi que des bagarres dans les vestiaires, ce qui emplissait Grand-Mère de fierté : "Nous ne sommes peut-être qu'une petite représentation des ballets russes, mais tout se passe chez nous comme chez les grands."

La semaine avant Noël, en arrivant dans la cage d'escalier, j'ai entendu Grand-Mère qui riait, en haut, à la porte de notre appartement. Juste après, j'ai croisé le facteur tout essoufflé qui m'a annoncé un cadeau de Noël pour moi – il venait de le remettre à ma charmante maman.

En dehors des savons et des bougies de l'école, je n'avais encore jamais eu de cadeaux de Noël et, tout excité, j'ai monté les marches quatre à quatre.

"Il y a un paquet pour moi, Grand-Mère ?"

Au louchement fugace qui a défiguré un instant son visage, j'ai remarqué que quelque chose n'allait pas.

C'était peut-être à cause de ma voix. Récemment, elle m'avait plusieurs fois prié de parler moins fort parce que je devenais trop vite un homme et que les voix d'homme la rendaient nerveuse. Elle a eu comme un sursaut, puis elle a disparu dans la pièce voisine et elle est revenue avec le paquet.

J'ai déchiré le papier et déballé un blouson de ski bleu foncé. De la manche est tombée la fameuse carte de visite. J'ai tout remis dans le paquet et j'ai rendu la boîte et son contenu à Grand-Mère.

"Ce n'est pas ta couleur, de toute façon", a-t-elle murmuré, et la panique qui affleurait dans sa voix a fait vaciller mon cœur.

Le 23 décembre, la représentation de *Casse-Noisette* a été un succès de bout en bout. Je n'avais encore jamais vu autant de jolies filles à la fois. Anastassia irradiait, à tel point que Grand-Mère lui a posé la main sur le front en disant : “Vous brûlez, ma fille, c’est sûrement la scarlatine.”

Ma tête débordait de bruits et de lumières. Les costumes étaient sobres et élégants, mais pour la décoration de la salle, Grand-Mère n’avait pas pu se retenir : elle avait dû acheter tous les stocks de cheveux d’ange de la ville. Dans l’entrée, un arbre de Noël somptueux clignotait et prenait toute la place.

Pour ne pas paraître mesquine, Grand-Mère a offert à Anastassia et Nina quelques-uns des bouquets de fleurs que les parents des danseuses, après les derniers applaudissements, lui avaient remis sous de nouveaux “Bravo !”.

“Je tiens à vous féliciter, Nina, a-t-elle dit. Vous n’avez fait presque aucune erreur.”

Grand-Père, qui avait assisté à la représentation assis à côté de moi, a casé le reste des fleurs, les bouteilles de vin et les corbeilles garnies dans la voiture. Je le soupçonnais de s’être endormi au milieu du spectacle. Mais peut-être avait-il seulement écouté les yeux fermés. En tout cas, quand Gengis avait commencé à s’agiter sur mes genoux, Grand-Père s’était levé d’un bond pour sortir avec lui.

“Alors, le père, comment as-tu trouvé la première ? a demandé Grand-Mère avant que Grand-Père ne disparaisse dans la voiture entre les corbeilles garnies.

— C’était très bien. Mais aucune danseuse ne pourrait jamais t’arriver à la cheville, Rita chérie.

— Et qu’en a pensé mon rayon de soleil ?

— Il était ravi.

— Nina a bien joué aussi, pas vrai ?”

Dans son bonheur, Grand-Mère faisait preuve de mansuétude.

“Oui, la musique était très belle.”

À ce moment-là, Vera s'est mise à toussoter. J'ai attendu qu'elle s'arrête d'elle-même, mais finalement, je lui ai tapé dans le dos de toutes mes forces, entre les omoplates, et elle s'est tue. Parmi toutes ces filles pailletées aux joues roses, elle paraissait insignifiante et quelconque dans son pullover marron, et j'aurais pu jurer qu'elle le savait.

Anastassia s'était plantée à côté de nous. Visiblement, elle aurait bien aimé nous accompagner pour célébrer chez nous la première et le début des fêtes de Noël. Mais Grand-Mère lui a tapoté la joue.

"Désolée, mon petit. Cherchez à vous caser ailleurs. Ce ne sont que les intimes, vous comprenez ?

— On croirait un enterrement", a marmonné Nina.

DED MOROZ

La veille de Noël, j'ai été réveillé par Grand-Mère qui, à grand bruit de papiers froissés, avalait à toute vitesse les chocolats du calendrier de l'avent posé devant elle.

"C'est de la part de qui ? ai-je demandé.

— De ma part. Qui d'autre pourrait bien te faire un cadeau ?

— Il est pour moi ?

— Et pour qui veux-tu qu'il soit ? À ton avis, j'ai combien de petits-enfants ? Mais après, je l'ai oublié dans le placard, a-t-elle dit en se fourrant le dernier chocolat dans la bouche. Ne m'agace pas, il faut que je me concentre."

Tout se déroulait presque comme une vraie fête de Noël, mais ensuite, elle a poussé le bouchon trop loin. Nous sommes passés à table beaucoup trop tôt – soi-disant parce que le petit Gengis perdait patience. En réalité, c'était plutôt Grand-Mère qui ne supportait plus la tension. Quand tout le monde a eu picoré dans son assiette d'entrées au hareng en provenance du supermarché russe voisin, elle s'est levée, l'air mystérieux, et a quitté la pièce. Vera et moi avons échangé un regard. Nina, indifférente à ce qui se passait, promenait un bout de betterave dans son assiette, tandis que Grand-Père faisait sauter le petit Gengis sur ses genoux.

Je devinais ce qui se préparait, et j'espérais en même temps que je me trompais. Mais en entendant des pas lourds ébranler le couloir, j'ai abandonné tout espoir. Dans l'encadrement de la porte devenu soudain plus étroit a surgi une créature obèse vêtue d'un manteau rouge. Elle portait des bottes épaisses et un coussin bien visible censé faire croire à son embonpoint. Le bonnet rouge en pointe était enfoncé sur les sourcils broussailleux, mais le pire, c'était la barbe grise effilochée.

"Est-ce qu'il y a ici des enfants sages ?" a grogné la créature. Vera a sursauté. Les yeux de la créature, à la fois familiers et inconnus, imploraient qu'on lui vienne en aide.

"Ici, ai-je laissé échapper d'une voix éraillée.

— Et qui a un poème à réciter à Ded Moroz, le grand-père Gel ?"

Grand-Père a levé le nez de son assiette. Nina avait perdu sa langue. Vera a pouffé sur mon épaule. Je l'ai repoussée et je me suis levé. Pour que Grand-Mère garde la face, il fallait que je joue le jeu. Mais à ce moment, un bruit assourdissant s'est fait entendre, qui tenait plus de la sirène de voiture que d'une voix humaine.

"Mais non, mais non !"

Grand-Mère, arrachant sa barbe, est tombée à genoux devant le petit Gengis.

"Regarde, c'est moi, ta Margo ! Tu ne m'as pas reconnue ?"

Gengis s'est détourné, cachant son visage contre la poitrine de mon grand-père et repoussant les mains de Grand-Mère.

“Le costume était trop bien réussi ! Il y a cru, mon rossignol !”

Grand-Mère était elle-même au bord des larmes. Aussitôt, elle a retiré son manteau pour le montrer à Gengis qui refusait toujours de lever les yeux vers elle et gémissait doucement.

“Regarde, ce n’est que moi ! Ne pleure pas ! Ded Moroz t’a apporté plein de cadeaux. Regarde, des chaussettes. Des moufles. La montre est pour le père, mais il te laisse jouer avec, quand tu veux. Regarde donc, ne pleure pas. Cette petite bouteille, là, c’est pour ta mère. Et ne dites pas qu’on vous a déjà offert quelque chose comme ça, Nina. C’est du Chanel *N° 5*, à votre âge j’aurais tué pour en avoir. Encore que, vous n’êtes plus si jeune que ça non plus. Une calculatrice pour mon petit Max et un dictionnaire pour qu’il ne fasse plus autant de fautes. Un gel douche pour miss Vera, ça ne peut pas faire de mal. Pourquoi est-ce que tu pleures, mon rayon de soleil ? Gengis ! Maya ! C’était seulement pour rire.”

LE DÉMÉNAGEMENT

Depuis longtemps déjà, j'avais accepté comme si c'était une loi de la nature que Grand-Mère et Nina ne puissent pas aller bien au même moment. Grand-Mère était persuadée d'être devenue une entrepreneuse et une artiste talentueuse au cours de l'année précédente et d'avoir en plus offert à sa famille une magnifique fête de Noël. Elle en parlait encore des mois plus tard. Par conséquent, je demandais régulièrement à Vera comment Nina se portait, et mes craintes se sont vues confirmées.

"Aujourd'hui, elle a parlé de la France, a dit Vera. Elle a lu dans un livre que, là-bas, on appréciait encore les musiciens russes. Mais ce n'était pas un bouquin récent.

— Qu'est-ce qu'elle veut aller faire en France ? ai-je demandé.

— Aucune idée, a dit Vera en haussant les épaules et, quelques jours plus tard, elle m'a mis au courant des dernières nouvelles : Le Canada. Elle a vu une carte postale. La nature est à couper le souffle.

— Au Canada, il fait froid. Et elle est tellement frileuse.

— Je le lui dirai, a promis Vera et, la fois suivante, elle a raconté : Maintenant, elle est pour les

États-Unis. Elle dit que c'est le pays de tous les possibles."

Le plus souvent, nous discutions allongés sur le lit de camp de mon grand-père, parce qu'il me semblait inconvenant d'inviter des jeunes filles sur notre canapé-lit commun quand Grand-Mère n'était pas là. Un jour, elle avait fondu en larmes en trouvant un cheveu châtain de Vera sur le canapé. Debout à côté d'elle, je lui avais caressé l'épaule sans savoir quoi faire.

"Laisse ta grand-mère, mon petit Max, avait-elle marmonné. Tu as tellement grandi, je ne comprends plus un mot de ce que tu dis. J'ai parfois l'impression que tu ne parles plus le russe."

"À mon avis, vous ne partirez pas, ai-je dit à Vera.

— Tais-toi. *Vous*, vous n'avez même pas réussi à quitter le foyer." Elle m'a regardé un bon moment, et j'ai soutenu son regard jusqu'à ce qu'elle se détourne, déçue.

En juin, alors qu'on rentrait de l'école, Vera a dit que nous ne serions bientôt plus dans la même classe. Nina avait trouvé du travail et un appartement ailleurs. Ce n'était ni en France, ni même à Berlin, mais dans la ville voisine, à quarante minutes de train.

J'ai juste répondu : "Dommage pour toi, c'est beaucoup plus près que le Canada !" et, avec étonnement, j'ai alors vu passer une ombre de souffrance sur le visage de Vera.

À la maison, Grand-Mère était assise sur le canapé, en larmes. Je me suis agenouillé devant elle et je lui ai pris la main. Son dos d'habitude si droit était voûté, ses cheveux pendaient par mèches, le fond de teint faisait des pâtés et laissait voir des taches rouges sur ses joues. Elle devait déjà être assise comme ça depuis un bon moment et, même si le flot de larmes se tarissait peu à peu, elle hoquetait toujours.

“Qui est mort ?” ai-je demandé.

Ces derniers temps, il était arrivé plusieurs fois qu'elle m'annonce que telle ou telle grand-tante n'était plus de ce monde. Comme j'avais longtemps cru que je n'avais pas de famille en dehors de mes grands-parents, il m'était difficile de prendre l'air triste. Et Grand-Mère ne se rendait pas aux enterrements parce que son passeport russe était périmé depuis des années.

Un souffle s'est échappé de sa bouche : “Nina, a-t-elle dit. Nina s'en va.

— C'est si grave ?” ai-je demandé.

Le bref intermède avait permis à ma grand-mère de remplir à nouveau son réservoir lacrymal, si bien que les larmes se sont remises à couler de plus belle.

“Grand-Père va avec elle ?” ai-je demandé.

Elle m'a regardé comme si j'avais perdu la tête.

“Elle veut emmener Gengis, a-t-elle murmuré. Elle ne sait même pas de quoi il a besoin. Comment ce petit va-t-il se débrouiller sans moi ?

— Tu ne le vois même plus si souvent. Tu es déjà tellement occupée.”

Elle a retiré sa main brusquement. “Je suis toujours là quand il a besoin de moi. Elle n'a pas de famille là-bas. Tout ce qu'elle a est ici, dans ce trou.”

Sans rien dire, je lui ai caressé le bras. Depuis qu'elle gérait l'école de danse, elle avait maigri. Ses avant-bras étaient osseux, les premières taches de vieillesse camouflées avec un crayon à maquillage. Ses ongles étaient coupés court et sans vernis. Brusquement, elle a saisi ma tête à deux mains et l'a pressée contre sa poitrine. J'ai entendu les battements de son cœur, rapides et parfois irréguliers.

"Tout le monde s'en va, a-t-elle dit. Il n'y a que mon petit Max qui reste avec moi, promis ? Au moins, toi, tu as encore besoin de ta grand-mère ?

— Mais bien sûr", ai-je dit en m'efforçant de continuer à respirer, pris dans l'étau de son étreinte.

En emballant ses livres et ses partitions dans les cartons de déménagement, Nina semblait pleine d'entrain. Au milieu de la pièce s'élevait un immense tas auquel elle ajoutait des écharpes, des gants dépareillés et des sacs plastique. Gengis, assis dans un coin, jouait avec une boîte d'allumettes. Je leur ai dit bonjour à tous les deux et je suis allé directement dans la chambre de Vera.

"Tu pourrais dire que tu es triste, au moins une fois, a murmuré Vera quand j'ai eu fini de mettre en forme pour elle quelques-uns des cartons de déménagement que mon grand-père avait apportés par piles entières dans l'appartement.

— Je suis triste.

— Je ne te crois pas. Tu es content de te débarrasser de moi. Vous récupérez l'appartement et, toi, tu vas enfin avoir ta chambre, et sûrement une copine."

Ça m'a fait sourire qu'elle réfléchisse à ce genre de choses.

Elle m'a jeté une chaussette roulée à la figure. Je l'ai attrapée au vol et je me suis assis par terre en tailleur.

"Qu'est-ce qu'on met en premier ? Les culottes ?"

Elle a haussé les épaules et elle est restée assise sur le lit.

"Je ne peux pas", a-t-elle dit.

Je n'ai pas pu m'empêcher de penser à la manière dont Grand-Mère avait l'habitude de faire sa valise. Elle la posait ouverte sur le lit qu'elle recouvrait préalablement de plastique, les valises étant forcément infestées de germes. Ensuite, sans ordre ni logique, elle y jetait des affaires, du linge propre et du linge sale, des maillots de bain et des chaussettes de laine, des boîtes de médicaments encore intactes, des plantes séchées, de vieux plans de ville (sans rapport avec la destination), des pantoufles (immanquablement), de petites icônes de voyage figurant des saints orthodoxes, de l'essuie-tout, des couverts désinfectés. Pour finir, elle essayait de fermer la valise en utilisant sa force et mon poids.

En cas d'échec, elle vidait le contenu de la valise au milieu de la pièce et geignait, se disant dans l'incapacité de partir en voyage dans de telles conditions misérables, jusqu'à ce que mon grand-père repousse le tas du pied, puis mette le nécessaire dans la valise – rapide et systématique, même s'il oubliait chaque fois les brosses à dents. Pour le voyage en Espagne, ça avait été la même chose. Après les vacances, Grand-Mère avait réussi à révoquer le contrat qui l'aurait sinon contrainte à un séjour annuel en Espagne jusqu'à la fin de ses jours. Avant de signer, il ne lui était pas venu à l'idée de lire les lignes en petits caractères. De toute façon, elle n'aurait pas compris ce qu'on y disait.

J'ai ouvert les tiroirs de Vera et je me suis inspiré de ce que mon grand-père aurait fait dans cette situation. J'ai transvasé le modeste contenu des tiroirs dans les cartons de déménagement, en veillant à ce qu'il n'y ait pas d'objets lourds sur les objets fragiles et que toutes les petites choses soient emballées dans des sachets ou des boîtes. De temps en temps, je brandissais une chaussette trouée ou un vieux cahier. Vera haussait les épaules comme si rien de tout cela ne la concernait, et je jetais l'objet en question à la poubelle.

Plus tard, mes grands-parents nous ont rejoints. Grand-Mère s'est assise, dans le coin, auprès de Gengis, elle lui a confisqué les allumettes, l'a couvert de baisers et a essayé de l'intéresser à un jeu de Memory tandis que Grand-Père et moi descendions les sacs poubelles. Une camionnette attendait devant la porte de l'immeuble et, en un rien de temps, deux hommes vigoureux ont descendu les cartons et les quelques meubles. Puis la camionnette est partie.

Nina et Vera sont sorties avec Grand-Père et ont pris place dans sa Polo bleu clair. Grand-Mère suivait, Gengis dans les bras, puis elle m'a ordonné de l'attacher dans son siège auto – il y avait tellement d'enfants qui mouraient à cause de manquements à la loi, et, lui, on ne pouvait pas risquer de le perdre. Ensuite, elle a donné à Nina une glacière avec des sandwichs. Pour finir, elle s'est tournée vers Vera :

"Comporte-toi bien. Tu vois à quoi ça peut mener sinon."

Vera a hoché la tête.

"Sois prudent, le père", a dit Grand-Mère, et quelque chose dans sa voix m'a fait dresser l'oreille. En même temps, je savais qu'il valait mieux ne pas la regarder en face maintenant, alors j'ai continué à fixer la portière passager derrière laquelle Nina dépliait une carte routière. "Roule doucement, le père, ce ne sont pas des gravats que tu transportes", a repris Grand-Mère, mais Grand-Père ne semblait plus l'entendre. Il a démarré, sans plus regarder en arrière.

Nous avions maintenant les clefs de l'appartement de Nina, mais nous sommes restés plantés côte à côte jusqu'à ce que les feux arrière de la voiture disparaissent. Ensuite et seulement ensuite, nous avons cessé d'agiter la main.

"Il ne reviendra plus, a dit Grand-Mère. Il n'y a plus que toi et moi maintenant. Dommage que la petite Juive soit partie. Elle te convenait bien, avec son côté amouraché prêt à te dévorer. Et assez vilaine pour que personne ne vienne te la piquer."

WILLI WONKA

Grand-Père est revenu après deux nuits. Il a posé ses clefs de voiture dans le couloir, sur la petite commode bancale que Grand-Mère avait trouvée aux encombrants et remplie de ses propres poubelles.

Gengis n'était plus là, mais Grand-Père est quand même allé à la salle de bains pour se laver soigneusement les mains. Grand-Mère l'a suivi et l'a regardé se savonner les doigts.

"Tu as faim, le père ?"

Il a hoché la tête.

"Eh bien voilà. Je n'ai rien cuisiné."

Il a haussé les épaules.

"Tu es parti le ventre vide ? Elle ne t'a rien donné à emporter ?"

Il a posé sur elle son regard grave et, sans ajouter un mot, elle est allée dans la cuisine faire chauffer de l'eau.

Elle était trop fière pour lui demander des détails. Afin de lui épargner cette humiliation, j'ai donc posé les questions à sa place alors que les réponses ne m'intéressaient pas vraiment : À quoi ressemblait le nouvel appartement de Nina ? Gengis avait-il vraiment sa propre chambre ? Qu'est-ce qu'un enfant en bas âge pouvait bien faire d'une chambre pour lui seul ? Est-ce qu'il avait pleuré pendant le trajet ? La nouvelle école de musique de Nina était-elle loin de la maison ? Combien y avait-il de bandits qui traînaient dans les rues de la grande ville ? Avec toute cette pollution, pouvait-on encore y voir quelque chose ? Avaient-ils déjà le téléphone ? Les questions me venaient aisément les unes après les autres, et Grand-Père y répondait en hochant la tête, en la secouant ou en haussant les épaules, jusqu'à ce que je ne sache plus vraiment à quelle question correspondait sa réaction. Grand-Mère suivait attentivement notre conversation.

Il ne s'était pas encore écoulé une semaine que Grand-Mère appelait déjà chez Nina. Leur conversation s'est résumée à deux ou trois phrases, puis Nina a passé le combiné à Gengis. J'ai remarqué qu'il y avait eu un changement parce que la voix de Grand-Mère a tout de suite grimpé dans des aigus sirupeux. Elle a demandé à Gengis ce qu'il avait mangé et de quoi il avait rêvé. Elle lui a raconté qu'elle vivait maintenant dans son appartement à lui, et que moi, le neveu de Gengis, j'avais hérité de la chambre de Vera. Grand-Mère avait investi le salon et Grand-Père dormait dans la cuisine sur son lit de camp qu'on repliait et poussait dans un coin le matin. J'avais à peine eu conscience du déménagement. Les hommes de Grand-Père avaient emballé nos maigres biens en un rien de temps, ils avaient tout emporté chez Nina et tout réinstallé là-bas.

"Willi Wonka, c'est toi ?" avais-je demandé à Grand-Père.

Il avait hoché la tête comme s'il savait de quoi je parlais.

J'étais allé dans la chambre de Vera et je m'étais allongé sur le lit qui avait été à elle. Grand-Mère avait changé les draps et désinfecté le cadre de lit, mais le parfum des cheveux de Vera me chatouillait quand même les narines. De l'endroit où j'étais, je pouvais voir l'acacia, devant la fenêtre. Je trouvais bizarre que Vera me manque si peu.

Pour Grand-Mère, l'emménagement dans l'appartement de Nina semblait avoir marqué l'exil d'un sceau définitif et tragique.

"Me voilà coincée ici, disait-elle en errant d'une fenêtre à l'autre avec des regards frustrés sur la cour intérieure, les aires rectangulaires plantées de gazon râpé, les séchoirs parapluies et les tables de ping-pong rouillées. Tout ça à cause de vous autres Juifs."

Je lui ai fait remarquer qu'il y avait des années déjà qu'elle était coincée ici et qu'en plus, elle était elle-même à l'origine de cet exode. Aucune autre famille n'était restée aussi longtemps que nous dans les anciennes chambres d'hôtel du foyer. Au fil des ans, l'atmosphère avait changé : les réfugiés arrivés en dernier ne parlaient pas le russe et squattaient les couloirs communs avec leur parentèle abondante et toutes sortes d'objets. Plus d'une fois, Grand-Mère avait piqué avec une paire de ciseaux à ongles un ballon qui avait roulé à ses pieds ou porté à la police un vélo qui s'était trouvé en travers de son chemin et qu'elle estimait volé.

"Je préférais encore les Juifs, avait-elle sifflé en se frayant à coups de pied un passage entre les cartons de vieux vêtements et de couches donnés aux nécessiteux. Eux, au moins, ils ne se reproduisent pas comme des lapins et ils parlent une langue normale. Il faut qu'on sorte d'ici, mon petit Max, sinon un jour, on va se réveiller la gorge tranchée. Ils n'épargneront que ton grand-père, ce vieil Asiate. Mais sans la vieille Margo, que ferait-il ?"

L'appartement de Nina, notre nouveau chez-nous, se trouvait au dernier étage d'une grosse barre grise de cinq étages, où vivaient paisiblement côte à côte des couples d'Allemands moustachus et des familles turques dures à la tâche. La cage d'escalier était nettoyée à tour de rôle, sauf par Grand-Mère, qui considérait la procédure en elle-même comme contraire aux règles d'hygiène et cette idée comme scandaleuse.

Depuis le déménagement, l'école de danse ne l'intéressait plus, et je craignais déjà que le nouveau spectacle de *Casse-Noisette* n'ait jamais lieu si la gestion en était entièrement confiée à Anastassia, qui maigrissait à vue d'œil. Je faisais toujours mes devoirs avec plaisir dans le bureau de Grand-Mère, mais j'avais troqué le thé contre du coca. Pendant les pauses, Anastassia me rejoignait avec une boisson énergisante, elle s'asseyait sur mes affaires de classe et me demandait de lui masser les pieds.

Au lieu de s'occuper des nouveaux contrats des élèves, Grand-Mère passait le plus clair de son temps devant notre nouvel immeuble, assise sur un banc aux côtés d'une petite grand-mère rondelette en fichu, aussi mauvaise qu'elle en allemand, avec qui elle devisait sur la vie. Un thermos était posé entre les deux femmes, et ma grand-mère apportait deux verres. Sa tresse pendait, lourde et ébouriffée, et je soupçonnais Grand-Mère de ne plus se donner la peine de tresser ses cheveux chaque matin. D'après moi, il aurait été grand temps de teindre les racines, mais quand je lui proposais mon aide, Grand-Mère refusait d'un geste. Elle restait assise, tassée sur elle-même, et de la voir ainsi, j'en avais la gorge serrée. Depuis que Grand-Mère y avait renoncé, je comprenais enfin ce qu'était un bon maintien.

Quand mon grand-père rentrait et qu'elle lui lançait : "Elle te manque, pas vrai, le père ?", lui et moi échangions des regards inquiets. Alors, le soir, Grand-Père s'est mis à faire des promenades avec Grand-Mère, même si elle s'y était d'abord farouchement opposée : "Est-ce que je suis un cheval de cirque que je doive toujours marcher en rond ?" Sommé par Grand-Mère de ne pas toucher à ses cigarettes et de ne pas non plus mettre le feu à l'appartement, comme si j'avais à nouveau six ans, je les voyais ensuite par la fenêtre, côte à côte, faire le tour du pâté de maisons.

Parfois, ils allaient un peu plus loin et je ne pouvais plus les voir du balcon. Au retour de ces longues promenades, ils avaient souvent à la main des cornets de glace dont ne restait plus que la pointe grignotée.

Un jour, ils sont rentrés avec un carton de pizza. "Le père a voulu gâter la vieille Margo, a dit Grand-Mère en léchant le fromage fondu qu'elle avait sur les doigts. C'est italien, mon petit Max. Ça s'appelle P-I-Z-Z-A. Ils savent y faire, les Italiens. Je n'aurais jamais cru."

La semaine suivante, il y a eu une pizza chaque soir, jusqu'à ce que Grand-Mère dise : "Je vais finir par te ruiner, le père", alors il lui a caressé le poignet, et elle a rougi. Un autre jour, ils sont allés ensemble au petit cinéma du coin, mais ils ont dû partir avant la fin de la séance, et Grand-Mère est revenue à la maison, les yeux rougis par les larmes.

Dans le film, il y avait un petit garçon qui avait exactement le même âge que Gengis.

L'automne est arrivé, et je commençais à avoir des sueurs froides en songeant à la fête de Noël qui approchait. Le temps était frais ; Grand-Père, assis malgré tout sur le balcon, crachait la fumée de ses cigarettes sur les gueules-de-loup encore en fleur qu'il avait plantées pour Grand-Mère. J'étais là à me demander quand j'aurais l'âge de me mettre à fumer moi aussi quand il a levé un doigt. Un oiseau s'était mis à chanter dans le lointain.

"Va chercher Nina", m'a dit Grand-Père.

J'étais certain que sa langue avait fourché. Lentement, j'ai pivoté vers lui pour lui laisser le temps de corriger son erreur. Il me fixait, comme dans l'attente de quelque chose, et finalement, se retournant vers la porte du balcon ouverte, il a lancé à l'intérieur : "Nina chérie ! Viens voir !"

Dans les profondeurs de l'appartement, quelque chose s'est fracassé à terre. Grand-Mère a surgi, s'essuyant les mains dans son tablier, la bouche déjà ouverte, mais les jurons sont restés au fond de son gosier. Mon grand-père la regardait, la main tendue, et quand elle s'est approchée pour mettre sa main dans la sienne, il l'a attirée sur ses genoux.

Détournant le regard, je me suis faufilé derrière eux pour rentrer dans l'appartement.

LE *DO* CENTRAL

Grand-Mère avait fait apporter chez nous le piano de l'école de danse, Anastassia héritant à la place d'un magnétophone. Le piano aurait dû être réaccordé depuis longtemps. Dans notre salon, il paraissait énorme et aussi malheureux qu'un chien attaché à un poteau sur une aire d'autoroute.

"Cette femme est sans scrupules, disait Grand-Mère. Abandonner un piano comme ça. Elle sait bien que personne n'en jouera plus depuis qu'elle a fait passer le goût de la musique à mon petit Max."

En rentrant de l'école, quand j'ouvrais sans bruit la porte avec ma propre clef – celle que Vera m'avait passée en douce, car jamais Grand-Mère ne m'en aurait donné une –, je l'entendais parfois parler à voix haute.

"Mon pauvre, te voilà tout seul maintenant. Mais Margo est là. Elle te dépoussière bien comme il faut, et puis on va faire venir un accordeur. Ça ne fait rien que tu sois vieux. Tu n'es pas une femme, quelques années de plus, ça ne change rien pour toi tant que la machine fonctionne." Et avec un rire vicieux, elle tapotait le bois tendrement.

Quand je suis entré dans la pièce, elle a aussitôt retiré sa main et l'a cachée dans son dos : "Tu ne vois pas ? Je fais la poussière." Pour preuve, elle a brandi le vieux slip en coton à côtes fines de Grand-Père. "Tu crois qu'on peut nettoyer les touches avec du liquide vaisselle ?

— Aucune idée", ai-je dit.

Un jour, en rentrant à la maison, j'ai entendu depuis la cage d'escalier quelqu'un frapper sur les touches. Je me suis assis sur une marche et j'ai écouté en souriant. À certains enchaînements de notes, je reconnaissais ici et là que Grand-Mère s'essayait à une chanson enfantine allemande de mon ancien cahier pour débutants. J'ai attendu que le piano se taise pour entrer dans l'appartement.

Ce soir-là, en descendant la poubelle, je suis tombé sur Grand-Père. Il était planté dans la cage d'escalier, un étage en dessous de chez nous, et regardait tour à tour l'une des portes à laquelle pendait une couronne desséchée et le trousseau de clefs qu'il serrait entre ses doigts. Je lui ai pris la main pour monter avec lui, mais il s'est braqué et m'a montré la fenêtre ouverte sur la cour. À présent, j'entendais moi aussi la mélodie qui, depuis un appartement voisin, parvenait par des chemins détournés jusqu'à notre cage d'escalier. C'était *Verde Vinho*, et Grand-Père se trémoussait en rythme. Ses yeux brillaient. J'avais envie de lui demander s'il aimait cette chanson, mais cela me paraissait trop intrusif. Nous sommes restés l'un à côté de l'autre sans rien dire, jusqu'à ce que la chanson se termine.

Ensuite, nous sommes montés à l'étage du dessus. Avant de retirer ses chaussures, il est resté un long moment assis sur le tabouret près de la commode, dans le couloir. Grand-Mère a bien remarqué qu'il tressaillait au son de sa voix. Elle s'est tout de suite tue et lui a servi son repas sans un mot.

J'ai montré à Grand-Mère où se trouvait le *do* central et comment, de là, elle pouvait déduire toutes les autres notes. Elle a été impressionnée : "Tout cet argent pour les cours, ce n'était donc pas complètement inutile !" À partir de là, j'ai passé de nombreux après-midi assis dans la cage d'escalier à fumer ou à lire pendant que, chez nous, Grand-Mère s'exerçait à des mélodies simples. Je savais qu'en m'entendant arriver, elle se lèverait aussitôt, comme si elle ne voulait pas qu'on la surprenne en train de faire quelque chose d'indécent.

Une fois, je me suis même endormi et je ne me suis réveillé qu'au moment où ma cigarette laissait déjà un trou de brûlure sur ma tennis après m'avoir glissé des doigts. J'ai écrasé la cigarette, pris le mégot encore brûlant dans ma main entrouverte et ouvert la porte de l'appartement, la main cachée dans mon dos. Depuis la cuisine me parvenait la voix de Grand-Mère, forte et animée.

"Tu n'as donc pas de scrupules ? Être avec un homme, ça ne se résume pas à la fornication. C'est un engagement, comme avec un enfant. C'est faire la soupe et repriser les chaussettes. Tu es enchaînée à lui pour toujours, et quand il a besoin de toi, tu ne peux pas faire comme si l'épouse était seule responsable de tout."

Je me suis appuyé contre le mur et j'ai retenu ma respiration. La paume de ma main était brûlante. Un cadre pendait à côté de ma tête, un village dans un paysage hivernal que Nina avait laissé dans l'appartement.

"Entre gens convenables, c'est comme ça qu'on fait, disait ma grand-mère. Ce n'est pas une question d'envie, on n'est pas au bordel ici."

J'ai attendu qu'elle ne dise plus rien pendant un moment pour claquer bien fort la porte de l'appartement et passer la tête par la porte de la cuisine. "À qui est-ce que tu téléphonais ?

— À personne, a dit Grand-Mère, énervée.

— Mais je t'ai entendue parler.

— Je n'ai pas téléphoné, a-t-elle crié. Quand est-ce que tu vas enfin arrêter de m'espionner ? La soupe est sur le feu !"

J'ai été réveillé dans la nuit par un bruit inhabituel. On aurait cru qu'au moins une douzaine de pieds piaffaient devant ma porte, et les pièces s'étaient emplies d'un brouhaha de conversations. Je discernais des mots isolés qui ressemblaient vaguement à du russe. Je me suis levé d'un bond et je suis sorti de la chambre en courant, passant à côté d'étrangers en salopette tachée qui reculaient sur mon passage avec déférence. Grand-Père était assis dans la cuisine, une traînée de sang derrière lui. Posée sur un torchon, sa main droite était bizarrement tordue, et Grand-Mère faisait couler de l'eau dessus. Grand-Père souriait comme si rien de tout cela ne le concernait. Il avait une grosse plaie au front et le visage couvert de sang.

"Que s'est-il passé ? ai-je murmuré, et Grand-Mère s'est écriée :

— Mais qu'est-ce qu'il fait dans la cuisine, cet enfant ?

— Hé, mon ange, a dit mon grand-père en tendant sa main intacte dans ma direction. Viens me voir, ma petite Maya, ta mère n'a pas dit ça méchamment. Les chiens qui aboient le plus fort ne sont pas ceux qui mordent."

J'ai reculé d'un pas. Grand-Mère s'est figée. "Voyons, le père, c'est Maxim. Le fils de Maya. Avec toi, on les croirait fabriqués à la chaîne. Pas étonnant que tu ne t'y retrouves plus.

— Monsieur Gengis Gengisovitch s'est tout à coup trouvé en haut de l'échafaudage, a dit l'un des hommes à moustache qui se tenait devant les autres. Je suis désolé, madame, personne ne pouvait prévoir.

— C'est toujours pareil, a dit Grand-Mère. Aucun de vous ne prévoit jamais rien. Mais qu'est-ce qui t'arrive, le père ? Arrête ! Arrête ça tout de suite !"

Elle a poussé un cri strident. J'ai d'abord cru qu'elle s'inquiétait du sang qui tachait sa chemise de nuit. Et puis j'ai compris qu'elle s'arc-boutait de toutes ses forces pour soutenir mon grand-père qui s'effondrait.

MENU DU SOIR

“Quelle idée d’avoir amené cet enfant ! a sifflé ma grand-mère.

— Et où est-ce que j’aurais dû le laisser ?

— À l’hôpital, il y a des germes ; qu’il touche à quelque chose ici et il sera infecté jusqu’à la moelle !

— Est-ce que j’aurais dû le laisser seul ? Avec sa sœur qui n’est pas d’un grand secours en ce moment ? Je n’ai personne d’autre là-bas.

— Parce que c’est ma faute, peut-être ?

— Qu’est-ce que vous voulez de moi, Margarita Ivanovna ?”

J’écoutais la conversation en regardant Nina et Grand-Mère, les paupières mi-closes, écrasé sur ma chaise par le poids de Gengis qui s’était endormi pendant le trajet et qu’on m’avait aussitôt confié à l’arrivée. Allongé dans son lit d’hôpital, la tête bandée, Grand-Père souriait. Comme il avait les yeux fermés, je ne savais pas si, pendant tout ce temps, il était réveillé, écoutait et s’amusait, ou bien s’il faisait un rêve particulièrement agréable.

Nina et Grand-Mère étaient penchées au-dessus de lui, chacune d’un côté. Grand-Mère n’arrêtait pas de tout toucher, elle le touchait lui, l’oreiller, la couverture, et même le pansement. Nina se tenait en retrait, quelque chose dans son visage tressaillant parfois comme si elle essayait de contenir ses larmes. Ses traits s'étaient durcis et avaient perdu leur fraîcheur. En arrivant, elle ne m'avait pas serré dans ses bras, se contentant de me tapoter le bras comme si j'avais moi aussi ma part dans les événements malheureux qui la ramenaient aux côtés de ma grand-mère.

"Vous autres jeunettes, vous n'avez plus de respect pour rien, a dit Grand-Mère âprement. Encore que vous ne soyez plus si jeune non plus, Nina !"

Grand-Père a ouvert les yeux, et son sourire s'est élargi. Une superbe infirmière à la peau sombre apportait le plateau-repas. Grand-Mère a soulevé le couvercle en plastique et examiné la tranche de pain bis, la charcuterie et le petit bout de concombre arrangés sur une assiette à côté d'un pudding à la vanille.

"Qu'est-ce que c'est ? a-t-elle demandé, et le calme feint de sa voix annonçait l'orage.

— Le menu du soir.

— Tu peux la renvoyer en Afrique, ta bouffe."

Grand-Mère a repoussé le plateau. Dans quatre-vingt-cinq pour cent des cas, elle s'exprimait encore en russe.

"Donnez-le-moi", a dit Nina.

L'infirmière est ressortie après m'avoir adressé un sourire compatissant, et Grand-Mère a secoué la tête.

Nina a avalé le repas avec une indifférence affichée tandis que Grand-Mère déballait les gros bocaux dans lesquels elle avait transporté du bouillon de poule et du brocoli vapeur. Grand-Père, les lèvres à peine entrouvertes, en a accepté quelques cuillérées. Nina m'a jeté un coup d'œil.

“Quoi de neuf ?

— Rien, ai-je dit. Et chez vous ?”

Elle a haussé les épaules. J’ai passé la main dans les cheveux moites de Gengis. “Il a grandi. Qu’est-ce que c’est, ces boutons qu’il a sur le visage ?

— Sûrement de la saleté, a dit Grand-Mère. Ou alors il a mangé quelque chose de mauvais. Je vous le dis, Nina, mon petit Max n’aurait pas survécu à la grande ville, à l’époque. Alors j’étais bien contente que nous atterrissions dans ce trou. Pas un chat, on pourrait se tirer une balle d’ennui, même pas un fleuve dans ce bled, mais au moins, pas de crimes capitaux en plein jour. Les décisions que j’ai prises, je ne les ai jamais prises par envie, mais toujours par devoir. C’est pour ce pauvre enfant que nous nous sommes tous dits juifs, vous voyez un peu le sacrifice, Nina ? Je ne dis pas ça contre vous. Alors que Gengis est un garçon tout à fait exceptionnel, jamais je n’ai vu de regard si intelligent. Comme Maya, un peu. Confiez-le-moi pour que je l’élève, Nina, j’en ferai un président des États-Unis d’Amérique.

— C’est déjà assez que vous vous occupiez de son éducation par téléphone, a dit Nina. Pendant ce temps-là, je peux au moins nous faire cuire des pâtes.

— Vous savez que les pâtes, ce n’est que de la farine qui maçonne l’intestin. Pour mon petit-fils, j’ai toujours préparé des légumes frais.

— Si j’avais un ordre du Mérite, je vous le décernerais.”

Je faisais mon possible pour que Gengis reste bien installé sur mes genoux. Je ne voulais pas qu’il se réveille maintenant, avec Grand-Mère et Nina qui haussaient déjà le ton, même si le volume était encore acceptable. Grand-Père a tâtonné le drap, à la recherche des mains des deux femmes appuyées chacune d'un côté du lit. Il les a trouvées et les a tapotées l'une et l'autre. “Chchcht, Maya, a-t-il dit. Pourquoi es-tu si triste ? Ta mère t'aime par-dessus tout.”

Nina a retenu son souffle. “Maya ?

— Contre Maya vous n'êtes pas de taille, ma chère, a dit Grand-Mère. Jamais vous ne lui arriverez à la cheville, avec ou sans piano.”

Sur mes genoux, Gengis s'est étiré. Il était en train de glisser, et je l'ai soutenu pour qu'il atterrisse en douceur. Il est resté quelques instants accroupi entre mes jambes, ses coudes pointus appuyés sur mes cuisses. Il me dévisageait. Il avait les yeux de Grand-Père, la même gravité, le même calme.

“Tu me reconnais ?” ai-je chuchoté, et il a souri.

Il n'avait pas tardé à s'endormir sur le matelas pneumatique, dans ma chambre ; il avait le sommeil facile. De mon côté, je suis resté allongé sans pouvoir fermer l'œil, écoutant les voix dans la cuisine. Grand-Mère tenait des discours sur le devoir de la femme. Au fil de la soirée, tandis que sa voix s'amenuisait, celle de Nina se faisait plus pressante.

“Touche moins de l'heure qu'une femme de ménage, entendais-je par bribes. La carte de transport coûte une fortune… Évidemment que je me fais des reproches… thérapie… seule sans personne dans une grande ville… ne veut pas aller au jardin d'enfants. Pleure.

— Les jardins d'enfants, c'est pour les enfants dont personne ne veut, a dit ma grand-mère, remuant le couteau dans la plaie.

— Et moi, ma vie, qu'est-ce qu'il en reste…

— Qui s'intéressera encore à notre vie quand nous serons six pieds sous terre ?

— Vera me méprise.

— Regardez, moi par exemple. J'ai toujours tout fait toute seule. Les cheveux gris dès trente ans. Pour moi, chaque année en vaut trois.

— Deux", ai-je murmuré.

Sur le matelas, Gengis s'est retourné et a soupiré dans son sommeil.

Le lendemain matin, avant de me préparer pour l'école, j'ai d'abord rangé les bouteilles et les verres vides dans la cuisine. Il y avait plusieurs tasses à café remplies de mégots. J'ai jeté un coup d'œil dans le salon où Grand-Mère et Nina se partageaient le canapé, et j'ai fermé la porte sans bruit.

Depuis la cabine téléphonique, j'ai composé le numéro du nouvel appartement de Nina. Quelqu'un a décroché, un homme à qui j'ai demandé d'appeler Vera au téléphone. Un long moment s'est écoulé ; en toile de fond, le ton montait à l'autre bout du fil.

Quand, enfin, elle a pris le combiné, Vera a demandé d'une voix rauque : "Qu'est-ce que tu veux ?" Je lui ai dit que sa mère et son frère étaient bien arrivés, que je veillais sur eux.

"Comme si ça m'intéressait", a dit Vera, et elle a raccroché.

Pour Grand-Mère, Grand-Père devait sortir au plus vite. Elle était paniquée à l'idée que les médecins puissent remarquer qu'il n'avait plus toute sa tête. Quand elle assistait à la visite ou au renouvellement du pansement, dès que quelqu'un adressait la parole à Grand-Père, elle répondait à sa place. La plupart du temps, elle comprenait de travers et serinait le personnel médical en russe. Les infirmières ont commencé à éviter sa chambre.

Contrairement à ce que Grand-Mère avait craint, personne n'a essayé de garder Grand-Père à l'hôpital ni, pire, de le faire enfermer dans un hôpital psychiatrique. Quand j'étais en visite dans le service, les infirmières m'appelaient dans leur bureau, me donnaient du coca et des petits oursons et demandaient qui étaient les deux femmes au chevet de Grand-Père et laquelle des deux nous avait adoptés, mon petit frère coréen si mignon et moi.

Le jour de la sortie, Grand-Mère s'est empressée de préparer le sac de Grand-Père, elle lui a fait ses lacets et, avec l'aide de Nina, elle l'a accompagné jusqu'au parking où l'un des ouvriers de Grand-Père avait garé sa vieille Polo.

Grand-Père s'est assis au volant et, tranquillement il a attendu la suite. Grand-Mère a jeté un regard perplexe à Nina. Nina a haussé les épaules.

"Comment tu te sens, le père ? a demandé Grand-Mère en forçant la voix sans raison.

— Très bien, femme.

— Tu es en mesure de conduire ?

— Évidemment.

— Et tu sais qui je suis, n'est-ce pas ?

— Margarita Ivanovna, quand même ! a murmuré Nina sur le ton du reproche.

— Ne lui dites rien ! a sifflé Grand-Mère. Est-ce que tu sais au moins qui elle est, elle ?" Elle pointait Nina du doigt. Le sourire gêné de mon grand-père a visiblement assombri l'humeur de Grand-Mère. "Et lui, là ? a-t-elle demandé, l'index pointé sur moi.

— Mon petit-fils chéri.

— Et où est Maya ?

— Je l'ai abandonnée, a murmuré mon grand-père.

— Fausse alerte. Aujourd'hui, il y voit clair", a dit Grand-Mère d'un ton pragmatique, et elle s'est assise sur le siège passager tandis que j'ouvrais la portière arrière pour Nina.

IL Y A UNE ÂME QUELQUE PART DANS CE CORPS

Nina a entrepris plusieurs fois de nous quitter. À la première tentative, Grand-Mère l'a maudite à tue-tête jusqu'à la septième génération, exception faite du petit Gengis et de sa descendance. À la deuxième tentative, elle s'est contentée d'un geste las : "Il y a une âme quelque part dans ce corps, je le sais. Vous ne tarderez pas à revenir." Quand Nina a essayé une troisième fois de s'en aller, Grand-Mère a haussé les épaules. "Faites ce que vous voulez, Nina. Je ne vais pas passer mon temps à vous courir après comme si j'étais votre amant." Cette fois-là, Nina a même réussi à aller jusqu'à la gare.

Grand-Mère était persuadée qu'il fallait constamment garder un œil sur Grand-Père, sans quoi il lui arriverait aussitôt malheur – il pouvait se jeter sous les roues d'une voiture, se faire agresser sans réagir, escalader le parapet d'un pont. Sans surveillance, elle le croyait plus menacé que le petit Gengis. Au fond, disait-elle, si on ne se basait que sur la capacité mentale, le petit Gengis pouvait en cas de besoin surveiller le grand. Pour finir, cela voulait dire que vingt-quatre heures sur vingt-quatre, l'un des membres normaux de la famille – parmi lesquels Grand-Mère se comptait elle-même, ainsi que Nina et, dans une moindre mesure, moi – restait aux côtés de Grand-Père, le petit Gengis dans son sillage.

Grand-Père ne quittait l'appartement que pour aller voir de temps en temps où en étaient les chantiers. Il acceptait d'être chaperonné avec la douceur qui était la sienne. J'étais persuadé qu'il avait encore toute sa tête et qu'il ne se pliait à ce cirque que pour occuper ma grand-mère et amadouer Nina. En voiture, quand je lui demandais si je pouvais allumer la radio, il disait : "Demande à Gengis."

Bientôt, les ouvriers se sont eux aussi habitués à cette nouvelle constellation. Devant les deux femmes qui se relayaient, ils n'ôtaient plus leurs casquettes tachées de peinture et continuaient de fumer leurs roulées à l'odeur suspecte. Dans un coin, posé sur une bâche en plastique, il y avait un seau retourné surmonté d'un coussin brodé. Parfois, l'accompagnatrice avait droit à une bière ou à une tasse de café bien noir du thermos, et le petit Gengis à des cajoleries et des cadeaux. Les hommes paraissaient sans âge, mais je savais par Grand-Père que presque tous avaient laissé au pays des familles nombreuses. Ils regardaient mon petit oncle avec un mélange de chagrin et d'émotion. L'un d'eux bricolait la nuit des jouets en boîtes d'allumettes qu'il offrait à Gengis au fur et à mesure – un petit train avec plusieurs wagons, une rue bordée d'immeubles, des meubles pour une maison de poupée.

Quand c'était à mon tour de faire du papysitting parce que ni Grand-Mère ni Nina n'étaient disponibles, je m'asseyais sur le coussin brodé et je regardais Grand-Père qui, presque sans un mot, veillait à ce qu'on redémolisse des murs ou qu'on pose à nouveau des câbles. Quand le temps passé à attendre me paraissait long, je dessinais les bizarreries que je voyais sur le chantier : des journaux en alphabet cyrillique qui restaient pourtant incompréhensibles pour moi, des boîtes de conserve comme surgies d'un film en noir et blanc, des magazines gondolés pleins de célébrités inconnues, des revues porno dissimulées en hâte et que je repérais quand même, des réchauds à gaz fabriqués maison ou un poisson mis à sécher qui empestait terriblement. Je me servais dans le porte-monnaie de Grand-Mère pour acheter des timbres et j'envoyais mes dessins à Vera. Même si elle ne me répondait jamais, j'étais certain qu'elle regardait chaque jour dans sa boîte aux lettres.

Pour Grand-Mère, la présence de Nina équivalait, comme elle aimait à le souligner, à une goutte de soulagement dans un océan de problèmes. Et jamais, même sous la torture, elle n'aurait avoué ce qui la dérangeait le plus : en présence de Nina, elle n'osait pas se mettre au piano. C'était la première fois que je voyais Grand-Mère avoir honte de quelque chose. Parfois, elle essayait d'envoyer Nina se promener avec Grand-Père : "Allez, allez, emmenez donc le père faire un tour !

— Je ne savais pas qu'il fallait sortir Gengis Gengisovitch en laisse.

— Tout être humain doit respirer !

— Parce que vous croyez qu'il fait autre chose pendant tout ce temps ? a demandé Nina et, du balcon où il regardait les corneilles perchées dans les arbres, Grand-Père a lancé :

— Je t'assure, Rita chérie, je respire déjà bien comme il faut !"

Mais avant même qu'il ne s'écoule un quart d'heure, Nina enfilait une veste et aidait mon grand-père à mettre ses chaussures. J'avais raté le moment à compter duquel elles ne l'avaient plus seulement considéré comme fou, mais aussi comme fragile. Moi, je ne voyais pas de différence. Alors que tout changeait constamment, que Gengis s'allongeait, que Grand-Mère se tassait et que Nina s'élargissait, Grand-Père restait toujours le même. Nina lui prenait le bras, et je voyais les efforts que faisait ma grand-mère pour ne pas leur lancer un "Et pas de putasseries !" alors qu'elle venait elle-même de les chasser de l'appartement tous les deux.

"Ils sont partis ? demandait-elle, penchée plus que de raison à la balustrade du balcon. Et toi, mon petit Max, tu ne veux pas aller prendre un peu l'air ?

— Pour quoi faire ? demandais-je depuis mon lit, plongé dans *Ça*, de Stephen King.

— Pour aller jouer. Tous les autres garçons de ton âge sortent et jouent dehors. Et qui sait, il y aura peut-être aussi dans le coin une fille qui ne prendra pas ses jambes à son cou ?"

Comme j'avais pitié d'elle, je prenais mon livre et je sortais de l'appartement. J'aurais pu aller voir Anastassia à l'école de danse, mais le plus souvent, je m'asseyais sur les marches de l'escalier et, le dos contre le mur, je lisais, les notes heurtées de Grand-Mère me parvenant à travers la porte. Elle avait fini la méthode de piano pour enfants avec des ballons sur la couverture et, en cachette, je lui avais acheté le *Piano pour l'élève adulte*, que j'avais glissé entre les livres de médecine. Je pouvais être sûr qu'elle ne savait plus si elle l'avait un jour acheté elle-même.

Grand-Mère n'arrivait pas à se décider sur ce qu'elle abhorrait le plus : les grandes ou les petites villes. Elle détestait l'endroit qui était devenu notre chez-nous et, depuis le déménagement de Nina, elle ne s'en cachait plus. J'avais intégré le fait que si elle s'était enterrée vivante en province, c'était uniquement pour moi, alors que d'autres femmes, par simple méchanceté, allaient exposer leurs familles aux dangers d'une métropole. Grand-Mère en connaissait un rayon sur les grandes villes et, en émigrant, nous n'avions pas seulement fui l'avenir, mais aussi les gaz d'échappement et la criminalité ; ce qui n'empêchait pas Grand-Mère d'être très sensible à l'environnement inspirant qu'offrait la métropole. Pendant nos premières années en Allemagne, j'avais cru dur comme fer qu'il m'aurait été impossible de survivre plus de deux minutes dans l'immense ville qu'était Francfort.

En arrivant à la gare, j'ai eu honte du sentiment de triomphe que je ressentais.

Petite et pâle, Vera attendait sur le quai, immobile parmi la foule grouillante des banlieusards, le regard au loin. Elle ne m'a vu qu'au moment où je me suis trouvé juste devant elle. "Qu'est-ce que tu as à sourire comme ça bêtement", a-t-elle dit, ses doigts rêches et chauds saisissant ma main, et elle m'a entraîné derrière elle jusqu'à une rue adjacente.

"Où est-ce qu'on va ? ai-je demandé. Vous habitez où ?

— Tu délires ? On ne peut pas aller chez nous.

— Pourquoi pas ?

— Trop loin", a dit Vera, et je savais qu'elle mentait.

J'ai glissé la main dans la poche de ma veste et tâté l'argent que j'avais volé dans le porte-monnaie de Grand-Mère. Puis j'ai poussé la porte d'un petit café. Grand-Mère avait peut-être raison quand elle disait que je ne deviendrais jamais un homme. Mais il y avait au moins une chose que je pouvais faire.

"Qu'est-ce que tu veux manger ?" ai-je demandé.

Nous n'avons pas réussi à nous raconter quoi que ce soit. Vera a englouti deux bouts de gâteau, un sandwich et deux chocolats chauds en me répétant, la bouche pleine, de ne pas sourire comme ça bêtement. Elle n'a posé aucune question sur sa mère, encore moins sur mes grands-parents. J'ai essayé de parler un peu d'eux, mais elle a posé sa main chaude sur ma bouche. Un instant, mes lèvres ont effleuré la paume de sa main, et j'ai demandé s'il y avait quelqu'un qui s'occupait d'elle, maintenant qu'elle ne m'avait plus. Elle a murmuré : "Si tu savais."

Elle m'a raccompagné sur le quai. Quand le train régional est entré en gare, j'ai pris la main de Vera. "Mon père aussi habite ici, quelque part, ai-je dit. J'ai son adresse.

— Quoi ? s'est écriée Vera. Et c'est maintenant que tu le dis ? Il habite où exactement ?"

Je suis monté dans le train avec le sentiment d'être passé à côté de quelque chose.

La première fois, quand des pas hésitants dans l'appartement m'ont tiré de mon sommeil, je me suis tourné de l'autre côté et rendormi aussi vite en espérant que quelqu'un d'autre irait voir. La deuxième fois, j'ai compris que personne d'autre n'avait été réveillé. Je me suis levé et, avec précaution, j'ai enjambé Gengis endormi sur le matelas pneumatique. Sur le canapé, Grand-Mère ronflait à côté de Nina, et cette vision m'a aussitôt chassé de la pièce. Je ne m'y étais toujours pas habitué.

La porte de l'appartement était entrebâillée, et quand je suis sorti pieds nus dans la cage d'escalier, j'ai découvert Grand-Père en train de monter à l'étage supérieur. Au-dessus de notre appartement, il n'y avait que le toit.

Quand Grand-Père m'a vu, il a souri d'un air gêné. J'ai fait comme s'il n'y avait rien de plus naturel au monde que de le rencontrer en pleine nuit dans la cage d'escalier, les orteils rétrécis par le froid. Je lui ai pris la main et je l'ai raccompagné dans l'appartement, puis j'ai fermé la porte à clef de l'intérieur et mis la chaîne. Le lendemain matin, quand je l'ai vu assis à la table de la cuisine, habillé et rasé, le souvenir de la nuit m'est apparu comme un rêve, et je n'ai pas pu me résoudre à en parler à Nina ni à Grand-Mère.

De jour, Grand-Père se comportait normalement depuis des mois. De temps en temps, je le voyais debout sur le balcon, le regard tourné vers le ciel.

Grand-Mère interprétait son comportement à sa manière. Un matin, elle a pris le tramway pour aller dans une épicerie de luxe d'où elle a rapporté des figues, des grenades et des feuilles de vigne farcies. Fièrement, elle a présenté ses achats à Grand-Père. Il a eu un sourire poli et s'est détourné.

"Il n'a touché à rien, s'est plainte Grand-Mère à Nina le soir. J'aurais dû m'y attendre. Au village, ils avaient des figues sucrées comme le miel, des grenades grosses comme des pastèques. Ces fruits-là, c'est du plastique. Depuis que nous sommes arrivés dans ce pays, il n'a pas pris une seule bouchée de melon.

— Ce n'est pas non plus si mauvais, a dit Nina en se servant de feuilles de vignes farcies.

— Elles n'ont aucun goût.

— Il a le mal du pays ?

— Vous avez de ces questions ! Qui de nous n'a pas le mal du pays ? Ça ne veut pas dire qu'il faille en parler à tort et à travers.

— Il n'a jamais beaucoup parlé avec moi.

— Avec l'âge, il est peut-être devenu sourd-muet, a réfléchi Grand-Mère tout haut. Vous savez quoi, Nina, vous n'avez qu'à retourner dans votre sale ville de brigands. Vous croyez que je ne sais pas que vous avez chez vous un amant ? Vous ne savez pas vous fixer, c'est votre problème. Vous papillonnez. Quand j'étais plus jeune, j'étais comme ça moi aussi. Mais l'envie vous passera si un jour vous atteignez mon âge.

— Je ne sais pas si je tiendrai aussi longtemps, a dit Nina. À vos côtés, chaque année en vaut deux, c'est bien ça, non ?"

Heureusement, elle n'est pas partie tout de suite. Sinon, elle s'en serait sans doute voulu toute sa vie.

J'avais vite regretté d'avoir donné l'adresse de mon père à Vera. Elle m'a appelé et m'a raconté comment était la maison où il habitait.

"Immense, a-t-elle murmuré dans le combiné, tandis que Grand-Mère, pensant que je parlais des devoirs à faire avec un camarade de classe, m'abreuvait de paroles de l'autre côté.

"La clôture est super haute. Je crois que, derrière la maison, il y a une piscine, mais je ne suis pas sûre. J'aurais dû sonner à ton avis ? Le balcon est joli, avec un palmier. Si je pouvais, j'irais tout de suite habiter là-bas. Et si toi, tu le faisais ? Comme ça, on pourra se mettre sur le balcon et boire du chocolat chaud. Ou nager dans la piscine.

— Tu ne sais même pas s'il y a une piscine.

— Il y en a une. Je le sens."

J'en avais des frissons. Pendant ce temps, Grand-Mère me posait des questions auxquelles je répondais au hasard en hochant ou en secouant la tête.

"Il a une femme très belle. Avec de longs cheveux blonds, comme dans la publicité, a dit Vera.

— Tu inventes.

— Il a deux filles.

— Arrête, ai-je dit.

— Comme tu veux", a répondu Vera, et elle a raccroché.

Cette nuit-là, aucun bruit de pas ne m'avait réveillé. Je m'étais levé parce que j'avais besoin d'aller aux toilettes. En passant devant les deux femmes endormies pour aller à la salle de bains, j'ai senti un courant d'air. La porte de l'appartement était ouverte, bien plus largement que les autres fois.

Je n'ai pas eu le réflexe de réveiller Grand-Mère ou Nina. J'ai glissé mes pieds nus dans mes bottes, enfilé une veste par-dessus mon pyjama et je suis sorti en courant. En premier, je suis monté à l'étage supérieur, incapable de chasser de mon esprit l'image de Grand-Père debout sur le toit. Mais la porte qui menait au-dehors était fermée à clef. Je suis sorti de l'immeuble en courant.

Il faisait froid, j'ai dérapé sur le trottoir humide, je me suis relevé et j'ai continué à courir. Dans la lueur pâle du lampadaire, l'aire de jeux semblait lugubre. J'ai inspecté les bancs du parc en espérant qu'il se soit assis là pour reprendre des forces. À quelques minutes d'intervalle, les phares des voitures qui passaient m'éclairaient brièvement. Je transpirais sous ma veste malgré le froid.

J'avais l'impression d'être dehors depuis des heures, mais un coup d'œil sur ma montre m'a révélé mon erreur : pas même trente minutes. J'ai décidé de faire demi-tour : après tout, il était peut-être rentré depuis longtemps. La sueur qui perlait sur mon front me semblait glacée.

Devant la porte de l'immeuble, j'ai compris que j'avais tout fait de travers. J'aurais tout de suite dû partir dans l'autre direction. J'ai d'abord cru que c'était une ombre, au bord de la route, jusqu'à ce que je m'approche et me penche sur lui. Il portait comme moi une veste par-dessus son pyjama, il avait les yeux fermés et il souriait.

L'HOMME DE LA MAISON

"Garde les yeux fermés, le père, disait Grand-Mère. Je sais que tu m'entends. Regarde-toi, comme tu es allongé, comme un ange, comme Maya. Tu as toujours été un bon mari. Des mains en or, c'est ce qu'on dit. Tous tes descendants ont tes yeux bridés, même le petit Juif, là, sans doute jusqu'à la septième génération. Il reste quelque chose de toi sur cette terre, le père. Les garçons ont ta peau épaisse d'Asiatique ; à chaque année qui passait, tu rajeunissais, et les gens m'auraient sûrement bientôt prise pour ta mère. Pourquoi est-ce que tu as fait ça ? Pourquoi est-ce que tu m'abandonnes ? Moi j'ai déjà supporté bien d'autres choses, mais Nina, là, c'est une faible. Tu laisses chez moi toute ta caravane et tu te carapates. Mais qu'est-ce qu'elle a que je n'ai pas, peut-être ces mains de pianiste tout en finesse ou bien ces yeux de biche ? Si quelqu'un m'avait traitée comme une biche, je saurais peut-être regarder comme ça moi aussi, mais pas question de biche pour moi. J'ai été un cheval de course harassé, plus tard un cheval de trait battu, mais j'ai fait ce qu'il fallait pour ne pas finir en savonnette. Vous voulez bien arrêter de sangloter, Nina, il ne peut pas comprendre ce que je dis sinon. Et j'ai à cœur qu'il entende encore ça.

"S'il y a une chose que je regrette, le père, c'est ce que j'ai dit sur Maya. Tu n'as pas tué Maya. Nous l'avons tuée tous les deux. Et tu seras bientôt près d'elle. Depuis, tu n'as jamais abandonné les tiens."

J'ai senti le sol se dérober sous mes pieds et je n'ai repris connaissance qu'au moment où Grand-Mère m'a enfoncé son index dans le bras.

"Lève-toi", a-t-elle dit.

Je me suis redressé d'un bond.

"Maintenant, tu es l'homme de la maison."

J'avais craint que Grand-Mère et Nina ne se chamaillent sur les formalités de l'enterrement, mais j'ai été détrompé.

"Nina, vous avez l'âme musicale et quelque chose de l'ordre du bon goût. Je ne sais pas comment choisir le cercueil qui convient. Feu mon époux Gengis Gengisovitch, paix à son âme et que la terre lui soit aussi légère qu'un duvet, était un homme modeste, il aurait certainement choisi le plus simple. D'un autre côté, je m'inquiète que des personnes extérieures puissent y voir un manque de respect ou, Dieu nous en garde, un signe d'avarice. Je sollicite votre avis sur la question.

— Faites ce que vous voulez, Margarita Ivanovna. Comme toujours. Et de quelles personnes extérieures parlez-vous ? Vous attendez de la famille ?

— Mille furoncles sur votre langue ! La famille de Gengis Gengisovitch est inapprochable. Du moment où il m'a choisie, ils n'ont plus voulu entendre parler de lui. Rendez-vous compte, à l'époque déjà, ses tantes disaient que j'étais vieille. J'aurais pu être sa mère, c'est ce qu'elles prétendaient.

— Quelle effronterie.”

Pour l’enterrement, Nina a prêté un pull à col roulé noir à Grand-Mère, qui lui a passé en échange une paire de bas noirs jamais portés. Aux obsèques étaient réunis les proches du défunt, soit les deux femmes, Vera, Gengis et moi. Le reste du monde était représenté par Anastassia, à tomber par terre dans sa petite robe noire. Je n’ai malheureusement pas eu tout le loisir de la regarder parce que Vera essayait sans arrêt de mettre sa main dans la poche de ma veste, soi-disant parce qu’elle avait froid. Et elle chuchotait à mon oreille.

“Tu te rappelles ? a-t-elle demandé comme si rien d’autre ne comptait en cet instant.

— Quoi ?

— Quand on était petits, quand on n’était pas encore ici. À l’époque où on ne se connaissait même pas. Toute cette neige en hiver. Plus haute que nous. Quand on marche et qu’on ne voit que de la neige.”

J’ai hoché la tête :

“On avait du mal à marcher. On était emmitouflés des pieds à la tête.

— Et les bottes en feutre. Laides à faire peur.

— Au moins, elles ne serraient pas.

— Maman me tirait toujours sur la luge”, a dit Vera.

Il y avait dans sa phrase, cachée quelque part, une flèche empoisonnée à peine visible. Elle s’est plantée dans ma poitrine et ma respiration est devenue difficile.

“Qu’est-ce qui t’arrive ? a demandé Vera. Ta grand-mère ne t’emmenait pas avec la luge ? Le matin, pour aller au jardin d’enfants ?

— Je ne suis pas allé au jardin d’enfants, ai-je murmuré. J’étais un idiot condamné.

— Et est-ce que, toi aussi, tu as léché une barre en métal en hiver ?

— Quelle barre en métal ?

— N'importe laquelle. Sur la balançoire. Ou la cage à singes."

J'ai secoué la tête.

"Après, maman m'a versé de l'eau tiède sur la langue", a dit Vera, pensive.

J'ai remarqué après coup que nous nous tenions déjà devant la fosse et que Grand-Mère disait à un homme en noir : "Bon, vous y allez ou on vous paie à la minute ?

— C'est que d'autres personnes souhaitent se joindre à nous", a répondu l'homme avec un geste cérémonieux.

Nous nous sommes tous retournés en même temps. Le portail du cimetière était ouvert, une foule s'avançait vers nous. Il n'y avait que des hommes, petits pour la plupart, la peau sombre, le visage tanné, les cheveux lissés vers l'arrière. Quelques-uns portaient des costumes noirs mal ajustés, d'autres étaient en salopettes, une veste ou un tricot sombre par-dessus. De loin, ils ont adressé un signe de tête à ma grand-mère et, avec exactement deux secondes de décalage, le même geste s'est répété à l'intention de Nina. Ils se sont postés les uns à côté des autres, sur plusieurs rangées, et tout d'un coup, le petit cimetière s'est trouvé plein.

Nina a jeté un coup d'œil inquiet du côté de Grand-Mère. Grand-Mère a cligné des yeux.

"Eh bien, mon cher, allez-y maintenant !" a-t-elle dit en russe, et le maître de cérémonie, fermant les yeux, a fait un discours très bref en prononçant de travers le nom de mon grand-père.

Les doigts gourds, nous avons jeté quelques poignées de terre humide sur le cercueil, et nous nous sommes écartés pour laisser passer les hommes.

Sans un mot, tout le monde regardait la tombe qu'on remplissait de terre. À la fin, les hommes ont défilé devant nous. L'un après l'autre, ils se sont arrêtés devant moi et m'ont tendu la main. J'ai serré toutes les mains qu'on me tendait. Leurs yeux se plongeaient dans les miens, et j'avais l'impression qu'à travers chacun d'eux, c'était mon grand-père qui voulait me dire quelque chose que je ne comprenais pas parce que je n'avais jamais appris la langue de ces hommes. Au fond, je ne comprenais que maintenant que cette langue avait existé.

Les hommes sont partis, sans plus un seul regard pour les femmes.

"Voyez-vous ça ! a dit Grand-Mère, pleine d'admiration. Voilà comment il convient de traiter les veuves. Des gueules d'Asiates, oui – et je ne dis vraiment pas ça méchamment, feu mon époux en était une aussi – mais pour ce qui est des bonnes manières, ils s'y connaissent."

Le cimetière s'est vidé, nous n'étions plus que six. Anastassia a discrètement regardé sa montre.

"On va chez McDonald's ?" a demandé Vera.

Le regard furieux de Nina, destiné en fait à sa fille, m'a transpercé moi aussi.

"Pourquoi pas, a dit Grand-Mère. Nastenka, mon petit, je vous remercie pour votre compassion. Vous pouvez y aller. Il ne faudrait pas que le cours de danse commence en retard. Et ce n'est pas *votre* mari qui est mort. Mon Dieu, doux Jésus, me voilà déjà à parler comme le Juif mourant dans la blague. Vous la connaissez ? *Tout le monde est là ? Vraiment tout le monde ? Et qui est-ce qui est resté pour faire tourner la boutique ?* C'est contagieux."

Anastassia nous a fait trois bises à chacun, elle a essuyé la trace de rouge à lèvres qu'elle avait laissée tout près de ma bouche et elle a disparu.

Grand-Mère s'est tournée vers moi. "Quand on parle du loup… À gauche, au portail."

Elle a pris le bras de Nina et s'est avancée vers la sortie. Vera et Gengis suivaient, je fermais la marche. Et puis je l'ai vu planté là, les mains enfoncées dans ses poches. Ma grand-mère est passée fièrement devant lui sans lui accorder un regard.

Moi, en revanche, je me suis arrêté devant lui et j'ai enfoncé mes mains dans mes poches comme lui, avant de les ressortir aussitôt. Il ne manquait plus que je l'imite.

"Qu'est-ce que vous faites ici ?" ai-je demandé.

Ses lèvres ont remué et sa paupière a palpité. Il a dit quelque chose, mais je n'entendais que le vent qui soufflait à mes oreilles. Ma famille s'éloignait et j'avais peur de ne plus pouvoir la rejoindre à cause de lui.

TRAÎTRE

Grand-Mère se faisait du souci pour Nina.

“Elle est encore à pleurer, me racontait-elle dès que je rentrais à la maison après les cours. De jour comme de nuit, j’ai le petit sur le dos parce qu’elle est incapable de faire le moindre effort. Elle se comporte comme si *son* mari était mort. J’ai peur qu’elle nous fasse une dépression. D’abord la dépression, ensuite le cancer, c’est toujours comme ça. Et toi ? Tu as compris quelque chose à l’école, pour une fois ?”

Elle marquait parfois un temps d’arrêt, comme si elle voulait vraiment une réponse, mais reprenait avant que j’aie pu ouvrir la bouche.

“Ses sanglotements ne le ramèneront pas, tu sais. C’est ce que je lui ai dit, mais rien n’y fait. Elle sanglote encore plus. Je pourrais lui dire que, ces dernières années, elle ne comptait plus beaucoup pour lui. Ça se voyait. Mais ce n’est pas ce qui va la consoler, si ?”

Cette fois, la pause a été suffisamment longue pour une réponse : “Je ne pense pas, non.

— Et tu vois, ce n’est pas comme s’il ne me manquait pas. Je regarde ces pauvres diables qui travaillent pour lui… qui travaillaient pour lui, et je me dis : ils sont exactement comme lui, et pourtant ils sont différents. Des visages insignifiants, des regards vides. Gengis était un homme discret, mais intelligent. Il m'a tellement aimée, il a tout fait pour moi, il s'est agenouillé devant moi uniquement pour que j'accepte de l'épouser. C'est pour lui que j'ai quitté la scène. Pas parce que j'étais trop âgée. Ni à cause de l'orteil cassé. Seulement pour lui. Tout pour la famille. Toujours la famille, qui vous freine et vous démolit. Mais tu sais, je ne peux pas être partout – trois enfants, une femme dépressive, et puis les chantiers. Tout le monde a ses limites."

J'avais raccompagné Vera à la gare parce qu'aucun des adultes n'y avait pensé. Je lui avais demandé de rester, mais elle s'était contentée de renifler : "Rester où ? Dans ce trou ? Sans ton grand-père, ça n'a plus aucun sens."

Je me sentais coupable de ne pas avoir mieux à lui proposer, et aussi parce que, contrairement à elle, je n'avais pas pleuré la mort de Grand-Père. Quand Vera m'avait reproché d'être insensible et abject, je n'avais pas protesté. J'aurais pu dire que les choses étaient ainsi parce que je n'avais pas le temps d'être triste, parce que je ne trouvais pas un moment de calme. J'avais vu à l'exemple de Grand-Mère à quel point il était important d'être occupé. Je faisais la vaisselle, je jouais avec le petit Gengis, je lui coupais même les ongles de pieds, Grand-Mère babillant derrière en permanence. Le silence ne revenait que quand elle se rappelait que j'étais un traître, que je m'étais rallié à l'ennemi. Elle cessait alors de me parler pendant un moment. C'était tellement appréciable que, là encore, il m'était impossible d'être triste.

Mais Grand-Mère ne restait pas murée dans son silence bien longtemps. Elle commençait par me jeter des regards furieux. Puis elle se mettait à ronchonner dans son tricot : "Pas étonnant qu'il ait vendu sa grand-mère. Après tout ce que j'ai fait pour lui. Physiquement, il va mieux, mais à l'intérieur, tout est pourri. Pas de principes, pas de caractère. Avec quoi il t'a acheté, le Juif roux ?"

Je me taisais.

"C'est ça, ne dis rien. Évidemment, il a une belle maison. Avec tous ces gens à qui il a arraché les dents. J'ai vu sa carte de visite. Il n'a même pas gardé son vrai nom. Autrefois, il s'appelait Malchik, et tout d'un coup c'est monsieur le docteur Mahl ! Ridicule. S'il a vendu son âme, que pourrait-on attendre de sa progéniture ? Tu peux bien te donner tout le mal du monde avec le petit, vu les mauvais gènes, c'est peine perdue.

— On a juste mangé du gâteau ensemble.

— Quel genre de gâteau ?

— Avec de la mousse au chocolat.

— J'en étais sûre. Œufs crus, salmonelle. Tu as certainement eu mal au ventre après."

C'était faux, mais je n'ai pas protesté.

"La prochaine fois, il mettra quelque chose dans le gâteau, et tu te réveilleras chez lui, dans la cave, derrière sept verrous. Tu connais l'histoire du père qui a gardé sa fille enfermée pendant quarante ans ?"

J'ai pensé à la paupière palpitante de mon père, à son regard plein d'une culpabilité insupportable. Quand enfin je lui avais téléphoné, il avait été tellement content. Dans le café, il m'avait montré la photo de deux filles, mes sœurs, comme il l'avait dit, plus âgées que moi de deux et quatre ans. Elles avaient les cheveux blond vénitien et se tenaient étroitement enlacées. Elles étaient magnifiques, et je lui avais demandé si je pouvais garder la photo. En me la donnant, il avait eu l'air mal à l'aise.

Quand j'ai parlé à Vera de notre rencontre, elle a seulement demandé : "Tu es déjà allé sur son balcon ? Le palmier, c'est un vrai ?", et devant mes progrès bien trop lents, elle s'est montrée déçue.

"Tu vas voir ça, grommelait Grand-Mère devant la casserole où cuisait à gros bouillons une substance indéfinie. Demain, non, après-demain, il va revenir. Et te demander l'air de rien : Tu veux que je t'achète un chien, mon petit Max ? Un vrai dogue allemand ? Tu veux partir en vacances avec moi ? Tu veux un million ? Si les dentistes sont riches, c'est parce qu'ils trompent tout le monde. Tu prendras peut-être cette voie toi aussi. Avant, quand tu étais petit, on pouvait compter sur toi. Tu étais le meilleur petit garçon du monde, un enfant en or, tout mon espoir. Je t'ai offert toute ma vie, et si tu me quittes, mon petit Max, c'en est fini de moi. Je peux surmonter beaucoup de choses, mais pas ça. Tu m'auras sur la conscience.

— Pourquoi tu dis des choses pareilles ?

— Silence. Toi, je ne te parle pas."

J'en arrivais presque à éprouver de la reconnaissance envers Nina parce qu'elle ne laissait pas à Grand-Mère le loisir de se poser. Grand-Mère devait en effet veiller à ce que Nina se lève chaque jour. "Je sais que vous avez un terrain favorable à la dépression, ma chère. Mais vous ne pouvez pas me faire ça. Nous avons des enfants, disait-elle en apportant à Nina son thé au lit, et parfois une serviette humide : Rafraîchissez-vous le visage, mon petit, ensuite vous vous sentirez à nouveau comme un être humain et vous en aurez aussi un peu l'apparence."

Elle aurait même pu faire se lever un mort. Nina rendait les armes et allait d'un pas chancelant jusqu'à la salle de bains. À son retour, Grand-Mère l'attendait déjà.

"Je vous ai repassé ce chemisier, mettez-le, bientôt vous n'aurez plus la ligne qu'il faut pour le porter. On ne rajeunit pas. Vous ne pouvez pas traîner toute la journée en peignoir, nous avons de jeunes messieurs à éduquer, ici, vous voulez que mon petit Max devienne homosexuel une bonne fois pour toutes ? Voilà, c'est bien, vous êtes une bonne fille. Où est la brosse ? Ici, je l'ai lavée exprès. Encore deux petites cuillères de bouillie d'avoine, et ensuite vous allez aider Margo dans son labeur quotidien, je ne peux pas toujours trimer toute seule."

Elle a mis de l'ordre dans les modestes affaires de mon grand-père, elle a lavé les vêtements, les a repassés et a distribué le tout aux ouvriers, Nina dans son sillage. Grand-Père ne possédait pas grand-chose – quelques chemises et des pantalons, un pull-over chaud, mais la veste et le manteau d'hiver étaient "de bonne qualité", comme le soulignait Grand-Mère : "J'ai toujours acheté à bas prix, mais jamais de la camelote." Elle était contente que tout ait trouvé preneur, même les slips et les chaussettes. Des années plus tard, quand je voyais un homme qui me rappelait vaguement un ouvrier de mon grand-père, je me demandais encore s'il portait l'un de ses maillots de corps.

Quand Grand-Mère oubliait que j'étais un traître, elle me demandait mon avis sur l'état de santé de Nina et l'avenir.

"Pourquoi est-ce que tu me demandes ça à *moi* ? disais-je chaque fois. Tu n'as qu'à lui donner un comprimé de ton stock, comme tu le faisais avant avec moi.

— Maintenant, tu es l'homme de la maison. Pourquoi est-ce que je devrais décider de tout toute seule ?

— Grand-Père n'a jamais rien décidé. Il n'a toujours fait que ce que tu voulais.

— C'est le Juif roux qui parle dans ta bouche, là ? Qu'est-ce qu'il t'a raconté sur nous ? Tu t'es assis là, tu as mangé du gâteau et tu as écouté comment on traînait ta grand-mère dans la boue ?"

Grand-Mère ne me faisait plus confiance. Quand elle ne cherchait pas justement mon soutien au sujet de Nina, elle voulait savoir à quoi j'occupais chaque seconde de ma vie. Il suffisait que je rentre en retard après les cours pour qu'elle m'accueille en larmes.

"J'ai cru qu'il t'avait encore kidnappé.

— Mais qui pourrait bien vouloir de moi ?

— Maintenant que tu n'as plus l'air d'un idiot, il veut peut-être de toi quand même. Un garçon bien fini comme ça, n'importe quel imbécile en voudrait. Il aurait fallu qu'il te voie il y a trois ans !

— Mais il a essayé tout le temps. Il voulait vous aider. Il m'a envoyé des cadeaux de Noël que tu ne m'as jamais montrés. Tu n'as toujours fait que l'insulter. Et si tu m'as parlé de lui, c'est uniquement parce que j'ai pu aller en Allemagne grâce à lui, et vous avec.

— Ah ! Je le savais ! Tu l'as revu, et il t'a raconté des mensonges sur ta grand-mère."

Depuis l'enterrement, je n'avais vu mon père que trois fois. Il m'avait redonné sa carte de visite, mais je connaissais depuis longtemps son numéro de téléphone et son adresse par cœur, comme Vera. Tout à coup, j'avais un père auquel je pouvais rattacher des informations déterminantes : il ne ressemblait plus à celui d'avant, et je pouvais lui attribuer un point sur le plan et un numéro de téléphone. Chaque soir, avant de m'endormir, je me répétais le numéro. Parfois je l'écrivais, puis je le rayais aussitôt pour que Grand-Mère ne se doute de rien. Le soir, allongé dans mon lit, je me répétais aussi les phrases qu'il m'avait dites lors de notre deuxième entrevue.

Ta grand-mère est malade. Elle souffre de troubles psychologiques, elle ne s'est jamais remise de ce drame autrefois. Il suffirait qu'elle passe une fois devant le juge des familles, et j'aurais la partie facile. Mais nous ne voulons pas que les choses en arrivent là. Nous voulons essayer d'arranger ça à l'amiable. Ton grand-père est mort, je l'ai toujours considéré comme le plus sensé des deux. Je n'ose pas imaginer comment ça se passe chez vous maintenant.

Je me souvenais de cette sensation d'avoir quelque chose de coincé dans la gorge, alors que je n'avais pas encore touché au gâteau qu'il m'avait commandé. Un cordon invisible enserrait ma poitrine et la comprimait un peu plus à chaque respiration tandis que j'essayais de lui expliquer mon point de vue. Lui parler m'était difficile. Il restait un étranger pour moi, je l'avais craint toute mon enfance et je ne pouvais pas m'habituer à l'idée qu'il n'était lui aussi qu'un simple être humain. Quand j'avais rendez-vous avec lui, j'avais chaque fois l'impression d'être un criminel parce qu'il ne pensait qu'à moi et jamais au bonheur de ma grand-mère.

"Elle n'y survivra pas. C'est moi l'homme de la maison.

— Tu n'es qu'un enfant."

Il a essayé de poser sa main sur la mienne, je l'ai retirée.

"Tu peux m'appeler quand tu veux. Tu es toujours le bienvenu. De toute façon, tu pourras bientôt décider tout seul chez qui tu veux vivre. Pourquoi est-ce que tu secoues la tête ? Tu n'es pas obligé de subir ça. Tu n'es qu'un enfant."

Nina continuait de pleurer chaque jour, et Grand-Mère se sentait aussi coupable que si elle avait assassiné Grand-Père de ses propres mains. Elles allaient ensemble au cimetière, Nina s'agenouillait et, avec une brosse à dents, elle nettoyait les lettres en laiton de la tombe pendant que Grand-Mère, à mon bras, s'appuyait sur moi et montrait du doigt les taches que Nina n'avait pas vues.

"Il va vous falloir renoncer à ce tic de l'Est, Nina. Nous ne pouvons pas planter du lilas partout. C'est bon pour les babas russes qui n'ont jamais vu de roses. Il nous faut des roses, Nina. Je ne voudrais pas qu'ici, notre Gengis reste pour toujours le Juif aux yeux bridés, il doit être l'un des leurs. Comment tu as dit l'autre fois, mon petit Max ? Ce mot insensé ? Intégration. Allons, séchez vos larmes, on trouvera bien une place pour un buisson de lilas. Vous avez de la chance que la vieille Margo ait le cœur tendre. Le vieux, je vous demande d'en prendre note, aurait chié sur vos exigences horticoles. Pas vrai, mon petit Max ?”

Je tenais Gengis de ma main libre et me taisais.

“Tu sais quoi ? Je vais lui acheter des bijoux, a dit Grand-Mère plus tard, alors que Nina était déjà retournée dans son lit. Un joli collier. J’ai toujours rêvé d’avoir des bijoux. À une époque, j’ai eu un admirateur qui m’en offrait plein. J’ai dû tout vendre ensuite pour pouvoir t’acheter du pain. Mais Gengis Gengisovitch n’avait aucun goût, alors j’étais contente qu’il ne m’offre pas de bijoux. Je n’en avais pas, voilà.” Elle a ri, et sa dent en or m’a ébloui. “Je vais offrir des bijoux à la dépressive. Personne ne lui en a sans doute jamais offert. Les premiers de sa vie seront de Margo, voilà.”

LA TRESSE

Ces derniers jours, je dormais beaucoup. Je faisais des rêves bizarres : un clown immense aux cheveux roux me secouait alors que j'étais allongé dans un landau, et Grand-Mère, dans le costume de mon grand-père, épousait Nina. Debout près d'elles, je jetais du riz. Mon père était là lui aussi, cette fois sans la perruque rousse du clown, et il applaudissait, mais avec peine parce que ses mains tremblaient. Comment peut-il manier une roulette de dentiste avec des mains pareilles, me demandais-je. D'en haut, j'entendais une voix tonner à travers les nuages : "VOUS N'AVEZ PAS TUÉ MAYA. VOUS ÊTES SEULEMENT VENUS TROP TARD À SON SECOURS. VOUS NE POUVIEZ PAS SAVOIR QUE C'ÉTAIT UNE PÉRITONITE.

— C'est ce qu'on appelle un meurtre ! criait Grand-Mère en retour.

— C'EST CE QU'ON APPELLE DE LA BÊTISE ET DE L'ENTÊTEMENT, tonnait encore la voix à travers les nuages.

— Je croyais que c'était la montée de lait ! criait Grand-Mère, le visage tourné vers le ciel, les yeux fermés pour ne pas être éblouie par la lumière. Si ta fille couche avec un Juif marié, elle ne peut pas s'attendre à ce qu'on l'aide, c'est ce que j'ai dit à Gengis Gengisovitch, et qu'il devait le lui répéter exactement en ces termes au téléphone ! Il a toujours fait tout ce que je voulais. Comment aurais-je pu imaginer qu'elle soit soudain si malade, comme ça sans prévenir, elle ne s'est jamais plainte ! Et j'ai toujours été seule toute ma chienne de vie ! D'ailleurs, tu n'existes même pas !"

Un jour, alors qu'en rentrant des cours, j'avais failli traverser au feu rouge, Grand-Mère m'attendait déjà à la porte. "Tu es en retard. Tu étais avec lui ?

— Avec qui ?

— Avec ton Juif.

— Arrête de l'appeler comme ça.

— Il faut toujours que tu chicanes ta grand-mère. Viens là et aide un peu. Elle, comme d'habitude, il n'y a rien à en tirer."

Elle m'a entraîné derrière elle jusque dans la salle de bains. À côté de la baignoire se trouvait le tabouret sur lequel elle s'asseyait toujours pour se teindre les cheveux. Mais je ne voyais pas les journaux qu'elle étalait d'habitude sur le sol, et d'ailleurs je lui avais teint les racines à peine dix jours plus tôt.

Elle s'est assise et m'a tendu les gros ciseaux de cuisine.

"Qu'est-ce que tu veux faire ?

— Il faut s'en débarrasser.

— Mais pourquoi ?!"

J'ai senti la panique s'emparer de moi, comme si Grand-Mère me demandait de lui couper un bras.

"Ne pose pas de questions idiotes. Je ne peux pas travailler avec ça. C'est gênant. Sur les chantiers, il y a des bonshommes. On n'est pas là pour danser.

— Mais pourquoi la couper ? Il suffirait de porter un fichu par-dessus.

— N'importe quoi. Est-ce qu'on a déjà vu un bonhomme avec un fichu ? Bon, tu ne veux pas aider ta grand-mère ?" Elle a attrapé la tresse de la main gauche et s'est mise à la taillader avec les ciseaux qu'elle tenait dans la main droite.

Sa chevelure indisciplinée résistait, même si par endroits, quelques mèches tranchées hérissaient maintenant la tresse.

"Arrête ! ai-je crié.

— Je vais construire une maison comme celle que Gengis Gengisovitch voulait construire. Blanche, propre, comme les Allemands. Je sais déjà où, a-t-elle précisé, en nommant le quartier le plus bourgeois de la ville. Un peu de forêt, un boulanger. Pas d'étranger. Gengis aura une chambre à lui et, s'il le faut, la petite dodue malpolie aussi.

— Et moi ?"

Soudain, j'avais la gorge sèche. Grand-Mère était quand même parvenue à ses fins. La tresse est tombée entre mes mains comme un animal mort.

"Mets un élastique au bout, a-t-elle ordonné. Enveloppe-la dans le journal. Emporte-la en souvenir. Tu me quitteras bientôt. Je sens le traître à des kilomètres.

— Pourquoi est-ce que tu dis des choses pareilles ? ai-je demandé, presque dans un sanglot.

— Un jour, a-t-elle repris en me menaçant avec les ciseaux, il t'arrivera exactement la même chose, puis elle a tiré sur les mèches rousses rescapées et secoué la tête d'un air désapprobateur. Tu donnes ton cœur à quelqu'un, tu fais tout pour lui, tu sacrifies ta vie, tout ça pour qu'il te laisse tomber, tout juste veuve, avec une femme dépressive et deux enfants innocents.

— De quoi tu parles ?

— De toi. Tu n'aimes plus ta grand-mère. Tu es presque déjà parti.

— Mais ce n'est pas vrai !

— Je le vois bien, a-t-elle affirmé en approchant son visage si près du mien que je pouvais voir mon reflet dans ses pupilles. Je le vois", a-t-elle répété avec insistance, avant de me repousser.

Et même si j'avais la comprenette au ralenti, j'ai compris ce qu'elle attendait de moi avant qu'elle le dise : "Va-t'en enfin !"

Je n'ai bien sûr pas emporté la tresse. Je l'ai enveloppée dans du papier journal, comme on me l'avait dit, et je l'ai rangée dans le tiroir avec les tee-shirts. Elle me dégoûtait un peu.

Je n'ai pratiquement rien pris d'autre non plus, même pas une brosse à dents.

Tu peux venir quand tu veux, disait la voix de mon père dans ma tête. *Tout est là. Ce qui manque, on l'achètera.*

J'ai fait exprès de marcher lentement alors que j'avais envie de courir. L'escalier de l'immeuble, le chemin jusqu'à l'arrêt de tram pour aller ensuite à la gare. J'ai pris le train régional, puis le métro. Je n'ai pas monté l'escalator en courant, je suis resté immobile sur la marche, et puis j'ai traversé la rue. J'avais eu assez souvent l'occasion d'étudier le plan de la ville, mais le chemin jusqu'à la maison blanche m'a paru incroyablement court. Durant tout ce temps, elle avait été beaucoup plus proche que je ne l'avais jamais pensé.

Que devais-je faire s'il n'était pas là ? Que devais-je dire à sa très belle femme ? À ses filles ? Allaient-elles me renvoyer ?

Mais c'est lui qui a ouvert.

"Me voilà", ai-je dit. Sa paupière a palpité.

Un peu avant Noël, le téléphone a sonné.

"Traître, a dit Grand-Mère. Tu ne prends même pas la peine d'appeler.

— J'ai appelé, et chaque fois tu as raccroché.

— Oncle Egor est mort, a dit Grand-Mère.

— Je suis désolé, ai-je répondu, sans savoir de qui elle parlait.

— Pas moi. C'était un menteur et un radin. Attends. Reste en ligne."

Il y a eu un froissement, le bruit de quelque chose qui tombe. Et puis on a entendu le piano. Grand-Mère a fait plusieurs fausses notes, je l'ai entendu jurer.

"Qu'est-ce que c'était ? a-t-elle demandé à la fin.

— La *Valse n° 2*.

— On la reconnaît, non ?

— Bien sûr.

— C'est peut-être ce que tu espérais, mais la vieille n'est pas encore morte. Je vivrai encore longtemps, tu entends ? Plus longtemps que vous tous.

— Je n'en doute pas", ai-je dit, et c'était la vérité.

OUVRAGE RÉALISÉ
PAR L'ATELIER GRAPHIQUE ACTES SUD
ACHEVÉ D'IMPRIMER
SUR ROTO-PAGE
EN OCTOBRE 2021
PAR L'IMPRIMERIE FLOCH
À MAYENNE
POUR LE COMPTE DES ÉDITIONS
ACTES SUD
LE MÉJAN
PLACE NINA-BERBEROVA
13200 ARLES

DÉPÔT LÉGAL
1re ÉDITION : NOVEMBRE 2021
N° impr. : 99239
(Imprimé en France)